3
蝸牛くも
Kumo Kagy
插畫／神奈月
哥布林殺手
GOBLIN SLAYER!
He does not let anyone roll the dice.

# 哥布林殺手

# 人物介紹

# CHARACTER PROFILE

保護、治癒、拯救。『地母神的三聖言』

## 女神官 Priestess

與哥布林殺手組隊的少女。因心地善良，常被哥布林殺手魯莽的行動耍得團團轉。

——換言之，我等於是對他們而言的哥布林。

## 哥布林殺手 Goblin Slayer

在邊境小鎮活動的怪人冒險者。單靠討伐哥布林就升上銀等（位列第三階）的罕見存在。

沒有筆也沒有紙，又怎麼有辦法去冒險？

## 櫃檯小姐 Guild Girl

在冒險者公會工作的女性。總是被率先擊退哥布林的哥布林殺手所助。

——無論何時，對她而言最重要的，都是天氣、家畜、農作物，還有他。

## 牧牛妹 Cow Girl

在哥布林殺手所寄宿的牧場工作的少女。也是哥布林殺手的青梅竹馬。

——無知的人才有福。因為知道就是極致的喜悅。『妖精格言』

## 妖精弓手 High Elf Archer

與哥布林殺手一起冒險的妖精少女。擔任獵兵（Ranger）職務的神射手。

——龍是不會逃避的。

蜥蜴僧侶 Lizard Priest

與哥布林殺手一起冒險的蜥蜴人僧侶。

——無論寶石還是金屬，琢磨前都是石塊。
這世上沒有一個礦人，會用外表來判斷事物。

礦人道士 Dwarf Shaman

與哥布林殺手一起冒險的礦人術師。

Goblin Slayer!

He does not let anyone roll the dice.

我不想讓值得尊敬的敵手，變成明天的朋友。
至少今天還不行。

長槍手 Lancer

隸屬邊境小鎮冒險者公會的銀等級冒險者。

——神祕與愛，愈透過舌尖編織就
愈鬆散，更不用說是女性之美了。

魔女 Sorceress

隸屬邊境小鎮冒險者公會的銀等級冒險者。

人生就像玩骰子
日復一日擲了又擲
然而我總是擲出蛇眼
有人說過　運氣是公平的
出生到死都不會改變
或哭或笑殊途同歸
今天我仍持續擲著蛇眼
噢噢　蛇眼啊蛇眼
明天請讓我看到雙六吧……

# 第1章

## 『秋分之月』

Harvest Moon

逐漸染上淡藍色的天空，有一抹煙細細地伸長出去。

追尋煙霧的源頭，是來自山丘上的一座小牧場。

更正確地說是在牧場外邊，一座紅磚造的小屋裡。

煙囪冒出滾滾的白煙，筆直地在天空拉出一條線。

一名少女，在小屋設置的爐灶邊呼呼地喘著氣，同時擦拭額頭的汗水。

少女擁有經充分日晒的健康膚色，以及充滿女人味的豐腴肢體，然而並不見發胖跡象。

「嗯……這樣，應該就可以了吧？」

用披在工作服肩上的手帕擦掉臉上煤灰，牧牛妹滿足地瞇起眼。

她生氣勃勃的眼眸，正通過小窗望向小屋裡，那吊掛起來的許多豬肉。

煙不停燻著肉，油脂緩緩滲了出來，並發出令人難以按捺的香味。

燻製豬肉——也就是培根。

以橡實和雛菊餵養的肥豬做為原料，像這樣燻製成培根是每年的例行公事。

雖說光是吊掛在小屋內的肉就有一大堆，但燻製作業得在一天內完成。

何況事前還得備好能連續燻上幾天的量才行，簡直是超重的勞動。

正因如此，如果是以前，一旦到了這個時期『他』總是會默默來幫忙才對。

「哎，有其他工作就沒辦法啦。」

幸好牧牛妹絲毫不放在心上的樣子，只是呵呵笑並自言自語著。

畢竟那個人就是這樣。最後一定會回來，並且一回來就會過來幫忙。

正因為這種事根本不需要懷疑，她才能理所當然地深信著。

「嘿、咻。」

大概是蹲著看火太久了，她站起身，舒服地伸展一下緊繃的肌肉。

只見她直接伸出雙臂，豐滿的胸部搖晃著，關節發出啪嘰啪嘰的聲響，然後又呼地吐了口氣。

望向地平線另一端，漆黑的茂密森林裡透出了白光。

黎明了。太陽升起。又是嶄新一天的開始——但話說回來，最近日出的時間也越來越遲了。

迎接白色的曙光，越過丘陵伸展出去的街道以及兩側寬廣的麥田都閃閃發亮。

被風吹起波浪的麥田，簡直就像一片金色的海洋。

麥穗隨風搖曳的細微聲音接連響起，聽來有如波濤。

不過牧牛妹要看的原本就不是麥田海，應該——是這樣沒錯吧。

沒多久早晨就正式來訪，牧場的雞開始英勇地啼叫起來。

伴隨著雞鳴，街上民眾的炊事也紛紛展開，遠方街道升起了幾道白煙。

不，單純以做早飯而言，炊煙的數量未免太多了。

像這樣迎來陽光以後，景色會變得怎麼樣呢？街容簡直就像塗上了色彩般鮮明清晰。建築物頂端的旗幟飛揚，象徵龍與眾神，在吹拂過的風中招展。

其中一陣風襲至牧牛妹身旁，彷彿撫摸她的臉頰般掠過。

「嗚哇……」

冷冰冰的觸感，讓她忍不住顫抖身子。

雖說汗溼的肌膚吹風應該很舒服，但這種溫度太涼了，應該要稱之為「寒風」。

就連從地平線辛苦升起的太陽，不知為何，光芒看來也黯淡許多。

秋天到了。
這是收穫的季節。夏季結束，為了過冬而不得不進行準備的時期。
牧場的工作也變多了，鎮上同樣忙碌不堪。
既熱鬧，又華麗，世上最美的季節之一。
雖說以牧牛妹的角度來看，這世界永遠都是那麼美麗。
她知道，既然大家都很忙，那「他」一定也不在話下。
明明很忙，卻必定會回來幫忙自己，只要等他回來──對了。
「用剛燻好的培根，來做燉菜吧！」
得先讓他填飽肚子，好好休息一下才行啊。牧牛妹如此心想。
光是想像就讓她興奮起來，從牧地走回家的腳步也隨之變得蹦蹦跳跳。
因為秋天──也是祭典的季節嘛。

§

第五隻哥布林被收拾掉，是正午時分的事。

石塊咻一聲劃過天空，命中小鬼的眼窩，打碎頭蓋骨直擊腦部。
發出聲響頹然倒地的哥布林，就像疊骨牌一樣在地上躺得東倒西歪。
被陽光照亮的坑道入口，以屍橫遍野這句成語來形容再貼切不過了。
「……唔。」
一名戰士，絲毫不大意地從岩石後方窺探。
他身穿髒汙皮甲與廉價鐵盔，腰間有把不長不短的劍，手上綁著一面小圓盾。
模樣寒酸的這名男子——正是哥布林殺手。
哥布林殺手所收拾掉的哥布林，以排除哨兵為開端，已經有五隻了。
即便如此，相對於小鬼們所造成的危害，他的所作所為根本無法企及。
哥布林們占據了村裡唯一的財源——礦山，已長達半個月之久。
那麼，在宛如野獸下顎張開的橫坑深處，究竟還有多少躲在裡頭呢。
——他們抓走了女人。不過幼童要成長為戰力的時間還不夠。
哥布林一旦取得人質，我方能採取的手段也受限了。
更何況村人未來還要使用礦坑，原本就無法灌毒氣或水進去。
——稱得上戰力的，總不至於多過十隻。

邊這樣思索，他邊迅速以雙手將石塊套上投石索。

腳邊有挖礦後堆積如山的碎石，在這裡根本不必擔心彈藥用盡。

只要留意戰場環境，投石索就等於擁有無限的子彈。

「怎麼樣呢？哥布林殺手先生。」

在他身邊以雙手緊握錫杖的，是名稚嫩的少女。

儘管打扮樸素卻穿著純潔的聖衣，這名個頭嬌小的少女——是女神官。

哥布林殺手對她瞥也不瞥一眼地問：

「什麼怎麼樣。」

「呃、那個，就是戰況、戰局之類的……」

「還不知道。」

說完，哥布林殺手的石彈又破空飛出。

「GOORB!?」

大概是來檢視哨兵屍體的吧，剛爬出來的一隻哥布林腦袋也被砸碎了。

「六。」

小鬼斃命仰倒並滾落坑道。哥布林殺手則淡然地計算數量。

沒什麼大不了，就只是藉此把敵人的同伴引出來。

不過小鬼之間本來就沒有情誼可言，說是「同伴」或許並不正確。

剛剛殺掉的那隻哥布林，想必也是抽到下下籤，才會被派出來偵查吧。

話說回來，用倒地的敵方屍體或傷患為餌，陸續釣出深處的敵人並殺死——

這是人數居劣勢的哥布林殺手常用戰術之一，裡頭絲毫沒有半點慈悲可言。

就這樣，在六具哥布林的屍體面前，他不帶情緒地將石塊套上投石索。

「但，令人不痛快。」

「……你的意思是？」

「裝備太好。」

「……啊。」

經這麼一提，女神官也猛然發現。

儘管粗陋，死去的小鬼們全身都穿著防具，還手持武器。

劍、鶴嘴鋤、棍棒、標槍或短劍。包含小鬼自製和搶來的，兩類混雜著使用。

「記得沒錯的話，他們擄走了三個女孩子。如果不趕緊……」

女神官喃喃說著，面露極度焦慮之色，然而在她身上，已絲毫沒有躁進的樣子。

自從成為冒險者，已經半年了。

首度冒險九死一生後過了半年。這當中她幾度瀕臨死亡，苦戰了半年。

儘管如今還是第九階的黑曜等級，也越來越不能稱之為新手了。

就算聽到哥布林擄走了村姑，她也不至於慌了手腳。

——然而，這是否也代表自己越來越沒有同情心……？

跟累積的經驗成等比所膨脹的不安，在她纖瘦的胸膛深處沉澱著。

因此女神官閉上眼，雙手緊握錫杖，對慈悲為懷的地母神祈求。

她為死去的哥布林們祝禱，並祈望那些等待救援的女子們平安無事。

「提出委託前花太多時間了……喂。」

原本默默等待她祈禱完畢的哥布林殺手，這麼說道。

「能搜刮哥布林們的屍體嗎。」

「咦？」

她忍不住抬起頭，眼前還是那副一如往常毫無表情的鐵盔。

「我要回收那些傢伙的裝備。」

「咦，呃，那麼……」

女神官無法立刻回話，視線在屍體跟鐵盔之間往返了好幾遍。

當然不是由於害怕或嫌髒的緣故。

即使是小鬼，大體還是大體。

儘管並不打算譴責他的行動，但自己的身分畢竟是神官，能允許對屍體不敬嗎？

「做不到就掩護我。」

「啊，好的。」女神官用力點頭。「如果可以的話，請讓我……」

哥布林殺手根本沒回話，下一秒就衝了過去。

被拋下的女神官「唉」地深深嘆了口氣。她以為自己已經適應了，但看來還不算十分習慣。

明明風的溫度已經降得很低，額頭還是滲出了汗水。自己真有這麼緊張嗎？

這時要是平日的夥伴——尤其是身為森人的她也在的話就好了。她心想。

即便組成了小隊，也不可能每次冒險都一起行動。

這也是沒辦法的事。儘管感到很無奈——……

「唉……」

她忍不住又嘆了好幾口氣。

迫使她去思考、去實行的事，實在太多太多了。

——然而只要哥布林殺手先生一來，又是沒完沒了的哥布林哥布林……

雖說就算找他商量也不可能得到答案，但也並非毫無商量餘地吧。

「等等，這樣不行，不可以。我得集中精神。」

女神官猛然回神，慌忙地用力搖著腦袋。

現在沒空去思考不相干的事了。

她將錫杖夾在脅下，握住事先準備好的投石索，再深呼吸一次。

「你、你那邊沒問題嗎——？」

「嗯。」

朝遠處出聲問，那頭傳來儘管微弱卻很可靠的答案。

哥布林殺手還是一如往常，以大剌剌而敏捷的動作走向屍體。

「唔……」

正如所料——他自言自語道。不過，沒有時間讓他繼續推敲了。

鎧甲、頭盔都不需要。他自屍體腰帶連鞘取下劍，再抽走短劍，拾起掉落的鶴嘴鋤。

從哥布林的屍堆抱起裝備後，他頭也不回地轉身就走。

「GORB！GRROOORB！」

「哥布林殺手先生，敵人來了……！」

筆直朝這邊跑來的哥布林殺手，與女神官以生硬動作擲出的石子交錯而過。

而他背後，一隻哥布林已伴隨著腥臭的吐息，自礦山飛奔而出。

敵人同樣試圖以同伴來引出對手。想必是打算把那些屍體當成誘餌吧。

石子打在哥布林的肩頭上，讓他「嘎」地慘叫一聲。

「好。」

如果會錯過這時機，就不是哥布林殺手了。

只見他一邊用難以想像是全副武裝的速度奔馳，邊以右手抽出某樣東西向背後擊出。

他反手抽射的物體，是原本佩在腰際的劍。

「GBBR!?」

頭也不回地投擲出去的劍，發出咚的鈍重聲響，貫穿小鬼的咽喉。

小鬼仰躺倒地的同時，哥布林殺手已再度抽出另一把剛剛才掠奪來的劍。

「七。還有？」

哥布林殺手唰一聲衝回岩石後的掩蔽處，將剛搶來的裝備啪一聲扔在地上。

「依我看……」女神官對洞窟入口定睛凝視。「應該是沒有了。」

「好。」

女神官回答時，哥布林殺手正專心揀選從死去哥布林那搶來的武器。

他拿起空劍鞘穿過腰帶，將手中的劍插回去，再順手用腰帶繫住短劍。

哥布林們也可以視為武器庫，這是他平日徹底實踐的戰鬥教條之一。

「要移動了。」

「咦，移動……」

花了一點時間將裝備整理好的哥布林殺手站起身。

女神官以蹲姿仰望他，一臉不可思議地眨著眼。

「我記得這座礦山，應該只有一個入口才對呀？」

「正確來說是到半個月前。」

哥布林殺手抓起搶來的鶴嘴鋤，尖端朝她伸了過來。

「咿呀！」

這種大剌剌的做法，跟採取攻擊時的動作很像。

忍不住發出叫聲的女神官翻起白眼，用埋怨的目光瞪著他的鐵盔。

「剛、剛才那樣太危險了吧，哥布林殺手先生。」

「看。」

「叫我看……」

女神官雖然困惑，還是把臉湊過去，仔細觀察那把鶴嘴鋤。

這項工具似乎使用已久，既舊又髒，原本大概是棄置在坑道裡的吧。

被胡亂揮擊而變鈍的前端有紅黑色的痕跡……此外還有泥土沾在上面。

「……？」

女神官用白皙的指尖輕輕搓下泥土——還是溼的，看來是最近才沾上去的。

「哥布林殺手先生，這個，該不會是……！」

「嗯。」

哥布林殺手點點頭，將鶴嘴鋤扛在肩上。

他知道小鬼們並不具備精煉金屬的技術。

他們並不會為了採礦而挖洞——至少現在還不會。

結論只有一個。

「如果是我，就會挖橫坑奇襲。」

§

果不其然。

哥布林殺手動身前往的目的地，是原先為礦山岩壁的地點。

然而該處正好已被挖通了新的橫坑。

彷彿被蟲蛀開的孔洞中，哥布林們正翻爬而出。

他們每隻都一樣沾滿了泥巴，疲憊不堪，睡眼惺忪……這正是天賜良機。

「GUAAUA!?」

「八。」

哥布林殺手不經意扔出的鶴嘴鋤砸個正著，率先終結了一隻的性命。

儘管前端變鈍，致命的尖嘴依然粉碎了那傢伙的胸骨，貫穿心臟。

在突然斃命的同伴面前，哥布林鬼吼鬼叫地騷動起來，亂了方寸。

這也不能怪他們——毋寧說，這是理所當然的結果。

對他們而言，『大半夜』斷斷續續地被人襲擊，甚至還得為了奇襲開挖新的洞穴。

不但無法入睡，疲乏睏倦之際，身後還有盛氣凌人的高階小鬼在頤指氣使。

即使把神官丫頭當成事後的獎勵，只怕輪到自己用時，早也跟其他俘虜沒有太大差別。

種種窘境，令對手的士氣不低落也難。

哥布林殺手中意的雖然是『黎明』，但『大半夜』的效果也不容否認。

若非如此，便失去發動戰術的意義。

對受奇襲後軍心大亂的哥布林們，哥布林殺手迅速採取行動。

「槍一、鶴嘴鋤一、棍棒二、弓無、法術無。」

相對地這邊只有兩個人。哥布林殺手斷言道。

「要上了。」

「好、好的！」

拚死在後頭趕上的女神官，聽完用力點頭。

拱手讓出奇襲所搶得的先攻優勢——他絕不會犯這種愚蠢的錯誤。

緊跟著如箭矢般衝出去的哥布林殺手，女神官也舉起錫杖。

「『慈悲為懷的地母神呀，請以您的大地之力，保護脆弱的我等』……！」

她對他手中的盾施加隱形的力場，將回過神的哥布林擲來的標槍彈飛出去。

是『聖壁（Protection）』的奇蹟。

「GRRORG!?」

「九……十。」

過程中，哥布林殺手的動作並沒有停止。

擋開對手的標槍後，哥布林殺手的劍刃一閃，持鶴嘴鋤的小鬼咽喉應聲被割裂。

女神官沒有傳來半句交談，只是努力配合哥布林殺手的攻勢。

這是半年來的成果。她單手握著錫杖，並取出投石索做射擊準備。

「GOORB!?」

哥布林殺手的回擊砍斷了小鬼手裡的標槍，緊接著用劍劈入失去武器的對手頭蓋骨。

對腦門吃了一劍後崩倒的小鬼，哥布林殺手連看也不看，逕自將腳邊的鶴嘴鋤踢飛起來，用手接住。

儘管他並不愛用雙手武器，但盾牌是綁在手臂上。揮動起來不成問題。

「下一隻。」

哥布林是弱小的怪物，最低階的怪物，不值得害怕。

體格像孩童、腦中只有壞點子的嘍囉。世間一般都是這麼形容他們。

——原來如此。一點也不錯。

僅限於在戶外從正面對付少數的哥布林，哥布林殺手會同意這樣的傳聞。

因此那些在村子裡能趕走小鬼的壯丁，會想成為冒險者也是很合理的。

以生澀動作從一旁揮來棍棒的小鬼，被鶴嘴鋤連手臂一起釘死在胸口上。

自小鬼傷口濺出的骯髒血液，發出噗咻聲響在空中化為飛沫。

「GOOROGOROGB!?」

「十一。」

他覺得拔出武器也是浪費時間，索性放開鶴嘴鋤直接將屍體踢倒。

才將目光轉向剩下的一隻，一顆石子就剛好飛過去。

「嘿，呀！」

「GBBOR!?」

儘管攻擊者的叫喊聽來很脫力，但伴隨鈍重的打擊聲被命中額頭的小鬼根本撐不住這一記。

「十二。」

小心起見，他又用劍捅入致命的一擊，直到痙攣的小鬼完全不動後才放鬆力道。

到此為止，哥布林殺手呼了一口氣。

哥布林與冒險者的戰鬥，人數永遠都是前者居多。

不論怎麼把局勢安排得對己方有利，在數量相差懸殊的狀態下還是不能掉以輕心。

正當他覺得，好不容易又完成一項工作時——

「那個，哥布林殺手先生。」

小跑步跑過來的女神官，有點膽怯地從行李中拿出水袋。

「要喝些飲料嗎？」

「拿來吧。」

「好的。」

他毫不客氣地接過以家畜胃部製作的皮革水袋。

拔開栓子，大口大口將飲料從頭盔縫隙灌進去，滋潤喉嚨。

為了因應演變為長期戰的情況，女神官在水袋中裝了稀釋過的葡萄酒。

「一定要好好補充水分才行唷。」

「嗯。」

至少看在女神官眼裡，他還是有用自己的一套方式，將身體保養到萬全狀態。

然而若以女神官的標準，那只稱得上「最低限度」罷了。

——他有在避免讓別人擔心，雖然這麼說也有點怪……

不可否認，照顧這樣的他是一件頗有成就感的事。

咕嘟、咕嘟，女神官望著從頭盔縫隙飲用葡萄酒的他，心裡這麼想。

「剛才很準。」

這時，他突然喃喃說了一句，女神官一時無法理解而微微歪頭。

思索了一下他所指為何，馬上就想到是關於擲石的事。

「因為我有練習呀。」

她雙手在纖瘦的胸口前緊緊相握，用力點著頭。

自己開始熟練於某種殺生技術——這點她也不是未曾遲疑過。

但只要想到能間接幫上其他人的忙，這或許也算是一種試煉吧。

至少不要在面臨危機時束手無策，變成其他同伴的包袱。

她起初是以自衛的心態開始鍛鍊，沒想到最後還真能派上用場。

哥布林殺手一口氣灌下飲料後，將栓子轉緊。

「幹得好。」

——哇！

不經意拋來的這句話，讓女神官不由得揚起了嘴角。

她的雙頰猛然燥熱起來，不知為何覺得臉好燙。

——剛、剛才，他是在誇獎我嗎!?

儘管不好意思刻意再向對方確認一遍，但這的確是很難得的事。

不過哥布林殺手仍是一副雲淡風輕的樣子，以淡淡的口吻繼續說：

「數量減少很多。含鄉巴佬在內，大概剩兩、三隻。」

「大哥布林嗎……」

還是感到有一絲可惜，女神官微微壓低聲音。

「因為沒有圖騰。」

哥布林殺手點點頭，隨手將水袋遞回來。

「妳也喝點。」

「咦，啊……」

女神官露出一副怯生生的樣子接了過來。

她用接水袋的同一隻手的細白食指，輕輕撫過自己的唇。

「……好、好的。」

將水袋湊近嘴邊時，不知為何心裡小鹿亂撞，但哥布林殺手視若無睹。

他正以哥布林破爛的衣物擦拭短劍上的血脂，繫回腰帶上，然後走向還插在屍體裡的劍。

他踩著屍體拔出武器，檢視劍刃是否完好，接著果然又是擦拭完後收入鞘內。

之後檢查雜物袋裡的物品，檢整裝備，全都做完一遍才點點頭。

「準備好沒。」

「啊，好了。」

「那麼，要進去了。」

大哥布林一隻，手下兩隻，合計十五隻。

剩下的哥布林會有什麼下場，不必說也知道。

不可思議的是村姑們都平安無事，真可說是不幸中的大幸。

然而對於『曾被哥布林抓住』的女孩而言，到底該如何才能掌握幸福呢？

女神官也只能全憑想像了。

§

「真要說起來那傢伙的話本來就太少了嘛！」

說完，妖精弓手以手中酒杯啪啪啪地用力敲打酒館的桌子。

「對吧，對吧？我說得沒錯。就是這樣，他會說的詞就只有哥布林哥布林！」

配合杯中葡萄酒液面劇烈起伏，一對長耳朵也跟著上下顫動。

原本晶瑩剔透的白皙小臉如今染上赤紅，伶俐的眼眸也泛起潤澤。

這是上森人不該出現的醜態——也就是說，她喝醉了。

華燈初上。儘管是邊境小鎮，但今天冒險者公會內的酒館依然充滿愉悅的熱鬧氣氛。

大半客人的工作都剛好告一段落，或者也有些人是在出發冒險前來此處用餐。

為了憑弔死去的同伴，為了激勵受傷的同伴，互相加油打氣的人此起彼落。

在這當中，一臉氣呼呼到快要冒煙的妖精弓手身影，並不算太顯眼。

不過，如果要對她的糗樣幸災樂禍，又是另一回事了。

身為與她有過幾次照面的冒險者——長槍手則用一只大酒杯豪飲麥酒說道：

「那傢伙木訥寡言，也不是從今天才開始的嘛。」

「問他有沒有空？結果還是回答『哥布林』，這也就算了。」

也只能算了吧。妖精弓手對著看不見的某人頻頻點頭，明明那個方向根本沒半個人。

「歐爾克博格本來就是這樣。關於這點我就不跟他計較——可是！」

啪——她再度敲擊杯子，連酒都噴灑出來，在妖精弓手貧乏的胸前染上了赤紅的酒漬。

「通常應該要回我『來幫忙』之類的才對吧？怎麼話題到這裡就結束了咧！」

「也就是說——」

長槍手把裝滿堅果的盤子從妖精弓手面前拿遠一點事先避難，然後說道：

「妳被甩了嗎。」

「才沒有！」

只見她誇張地扭動身子，杯中又灑出了大量的葡萄酒。

長槍手則靈活地低下頭閃過了噴濺而出的酒沫。

大概是對於被他躲開感到很不爽吧，妖精弓手「哼」地嘟起嘴，把杯子湊到唇邊。

「話說回來，把任何事都聯想到那個方向去就是你們這些凡人的毛病！」

「不過，妳想邀他去冒險卻被甩開了，不也沒錯嗎？」

「吵死了礦人！」

自得其樂笑著的礦人道士這回變成了攻擊目標。

然而，託身材矮胖的福，妖精弓手的杯子又落空了。

天賦異稟的森人如果不是拿弓箭，準頭也會變差嗎？或者說是因為她爛醉的緣故？

礦人道士還是頂著平常那張紅通通的臉龐。只見他捻了捻白鬚，刻意誇張地開口：

「真要讓我講句公道話，妳這傢伙才應該主動開口說『我來幫忙』唄。」

「每次每次都要我提，一副好像我巴不得想幫他忙的樣子！」

「難道不是嗎？」

「才不是！」

忿忿不平的妖精弓手瞪著眼，嘴裡還在念念有詞。

「永遠只會哥布林哥布林。衣服都髒了裝備也不給人家看。根本是一成不變……」

她的模樣就像被慣壞的小孩在鬧彆扭，礦人道士只能萬分無奈地搖搖頭。

「才一杯葡萄酒就醉成這樣，真受不了啊，但不用多花酒錢倒也不錯。」

「偶爾發洩一下情緒又何妨呢。」

這麼回話的傢伙，是正捧著一大塊乳酪、似乎啃得十分享受的蜥蜴人。

身為聖職者的蜥蜴僧侶，也只有在這時會讓嚴肅的面孔短暫放鬆。

「甘露，甘露。只要有美食和寢床，這世上就再難起什麼紛爭。」

「還少了一樣酒唄。不過，下酒菜要點什麼還是很容易吵起來就是了。」

「所謂俗世，總無法盡如人意吶。」

蜥蜴僧侶彷彿感慨萬分地表示，同時雙眼滴溜溜地在店內掃視。

「看來小鬼殺手兄還帶了神官小姐同行……嗯，無怪乎有人會如此焦躁？」

「競爭者，太多了，吧。」

以優雅姿態品酒的性感美女──魔女，嘴角微微地揚起。

她邊從長槍手的盤裡夾走餐點，邊以意味深長的斜眼瞟向一旁。

「嗯？怎麼了嗎，我完全聽不懂呢。」

感覺到目光後，坐在隔壁的櫃檯小姐輕笑著說。

儘管她至今還穿著制服，但值班時間已經結束了。

想必是在回家前順道來酒館一趟吧。櫃檯小姐的臉龐也因醉意而發紅。

「哎呀，很從容……嘛。」

「因為根本就沒有、什麼事呀。」

櫃檯小姐把玩手中的杯子，試圖蒙混過去。

在不停搖動的杯子中，葡萄酒表面揚起了緩緩的漣漪。

「我打算好整以暇，等找到好時機再進攻──之類的吧。」

「可是，已經五年了……對嗎？」

被這麼一說，櫃檯小姐無言以對，只能以曖昧的表情將杯子湊到嘴邊。

自從分發到小鎮的分部後，櫃檯小姐就負責支援身為冒險者的那個人。

對於他默默執行任務的身影，櫃檯小姐不知不覺便潛心關注起來。

目送他出發的背影，苦等他歸來的時刻。

雖然若要問有沒有什麼特別戲劇化的發展，其實也沒有……

所謂情愫與思念這種東西，本來就是像這樣日積月累產生的。

──從這個角度看，這個人的求愛表現其實很直接嘛。

櫃檯小姐不經意瞥過去，眼前是每當想說些什麼就會被魔女阻撓的長槍手。

長槍手熱烈追求自己這件事，櫃檯小姐基本上還是懂的。

他的外表俊秀，個性豪爽，對女性也很體貼，雖然有點輕浮是美中不足之處。

優秀、強悍、性格溫柔、陽光。經濟能力也好，儘管有些粗線條但並不傲慢。
就客觀角度看，是個不壞的男人。櫃檯小姐自己對長槍手也並不怎麼討厭。
雖然之前曾一度——有段時間瞧不起哥布林殺手的事就姑且不論了。
只可惜。沒錯，就算是個好男人，跟是否會愛上對方依然是兩碼子事。
何況就算對方愛上自己，未必就得有所回應……
「哼嗯。」
——不過，如果照這樣子來看，對她而言我姑且也算是情敵沒錯吧。
女人之間的友情是虛幻的，這句話常常聽到，但櫃檯小姐卻不是很瞭解。
長槍手的隊友——那位摘下平時所戴帽子的魔女，露出了深不可測的笑容。
「辛苦，妳了，對吧。」
「彼此彼此。」
兩位女性相視一眼，露出苦笑。她們親密地朝彼此點點頭，在場的一位男性則毫無所覺。
「不過魔神才剛被打倒而已，最近跟惡魔有關的委託又變多了啊。」
大概是一直被魔女糾纏，只好死心了吧，長槍手咕嚕一聲嚥下一口麥酒。

「這究竟是怎麼一回事呢？」

還是稍微搭理一下比較好。櫃檯小姐也有點同情對方，於是回應長槍手關於冒險的話題。

「雖然根據上頭那些高官表示，應該是勇者討伐時的漏網之魚。」

「就算敵人那邊的上司已經被幹掉了，底下的傢伙也無法就地解散吧。」

說完長槍手將一粒堅果扔進嘴裡，啪哩啪哩地嚼碎它。

「當惡魔也挺辛苦的嘛。」

「為了雪恥，只好化身為人、用盡各種手段。總之絕不是什麼輕鬆的差事。」

蜥蜴僧侶用奇妙的姿勢合掌，並對長槍手深深鞠了個躬。

「這回真的很感謝你鼎力相助。」

「哪兒的話。既然有人委託，我當然沒道理拒絕囉。」

長槍手輕描淡寫地揮了揮手。

「偶一為之，像這樣的冒險也不賴。」

正如蜥蜴僧侶所言，這次他們五人要討伐的對手，是幻化為人的惡魔。

委託本身平凡無奇，只是要拜託他們調查正在小鎮內蔓延的新興宗教。

小鎮儘管不大，卻建有至高神的神殿，結果裡頭的神器卻遺失了。

委託內容也包含把神器找回來——但假使要問「有哥布林嗎？」答案是NO。

也就是說，這並非剿滅哥布林的任務。

『既然如此我去殺哥布林。』哥布林殺手這麼表示，女神官也低頭致歉。

就算妖精弓手逞強地表示『那我們就三個人上吧！』依然無法否認戰力嚴重不足。

結果正當眾人煩惱不知該如何是好時，長槍手主動出聲了。

就這樣幸運地由五人組成一支臨時小隊，前往鎮上展開了調查工作……

果不其然，被他們發現了擄人、販毒、竊盜恐嚇等罪行，證據確鑿。

況且連至高神神殿遭竊的神器——眼睛形狀的青色金剛石都一併搜出，就更加沒有狡辯的餘地。

於是眾人趁詭異儀式舉行時，闖入新興教團大本營，將教祖逮捕後沒多久——

『UUUUUU……！AKAATERRAAABBBB！』

被金剛石之眼照到的副教祖，果然在眾目睽睽下露出了惡魔首腦的真面目。

最後，褪去畫皮襲來的怪物，與冒險者們展開激烈交鋒。

「總之，最後是我的箭給了那傢伙致命的一擊喔！」

「是是是。報告書上的確是這麼寫的，而且已經受理了。」

對妖精弓手如此主張的證言，櫃檯小姐仔細抄寫下來，整理成正式的資料。

妖精弓手還不肯罷休地用各種手勢動作一遍遍回溯戰鬥經過。

對這位年齡隨隨便便都超過自己兩千歲的年長妹妹，櫃檯小姐覺得怎麼看也不會膩。

「不過，妳會不會有點喝多了？」

「還好啦。沒——事沒事。才一杯葡萄酒。放心，放心——」

如此回應的妖精弓手已爛醉如泥。怎麼看都不像是沒事的樣子。

——也罷，就讓她體會一下宿醉的經驗吧。

櫃檯小姐露出苦笑，心裡打定主意，如果她醉倒了就把她扶上二樓，自己也再來一杯。

她傾斜杯子，用舌尖愉悅地品味葡萄酒，心中突然想起剛才的一句話。

——『競爭者太多了』是嗎。

果然和能一起去冒險的女神官不同，處於只能等待狀態的她非常不利。

不過到底誰有利誰不利，絲毫不管這些的「他」極為粗線條，反而是好事。

關於這部分，櫃檯小姐自己也有些反守為攻的措施，一直想加以實行。

——只不過，要踏出那一步還是滿讓人恐懼的……

冒險者與職員這種關係，意外地令她感到自在。但，兩人的關聯如果就到這一步為止的話……

在視野一隅，長槍手正對她喊著「妳有什麼煩惱嗎！」結果又被魔女隨口制止住了。

唉——櫃檯小姐不自覺嘆了口氣，就在這時。

公會入口的雙開式彈簧門，嘰一聲被推開了。

「——？」

緊接著是一陣大剌剌又雜亂的腳步聲響起。

妖精弓手的耳朵顫一下豎了起來，就像野兔之類的小動物般，將臉轉往聲音方向。

果不其然，在那裡出現的是名身上裝備看起來未免太過廉價的冒險者。

就連新人——白瓷等級的冒險者看了都會竊竊私語，那傢伙的模樣就是如此寒酸。

然而聚集在這間公會裡的人，卻絕對不會認錯這特異的存在。

正是哥布林殺手。

「手續之後辦。妳去休息。」

他漠然地說道，女神官則跟在他後頭。

女神官難耐睡意，只見她搖頭晃腦並不停揉著眼睛。

神官們所行使的神蹟，是直接對天上諸神請願，可謂名副其實的『奇蹟』。

這麼做對精神上的磨耗並不亞於在前線衝鋒陷陣的戰士，令人懷疑這名瘦弱的少女是否真有辦法撐得住。

「……好的。呃……」

「怎麼了。」

「晚安，哥布林殺手先生。」

點頭回應完哥布林殺手的話，女神官就踏著搖搖晃晃的腳步上樓了。

確認她不安穩的步伐完全踏上二樓，哥布林殺手才邁出腳步。

然而看到他筆直走向公會櫃檯，可就不能再坐視不管。

「等一下，歐爾克博格，這邊這邊！」

儘管喝醉，眼力依然驚人的妖精弓手認出了對方的樣子，毫不掩飾地高聲喊叫。

由於她站起身時杯子隨手胡亂揮動，灑出來的酒都倒進了長槍手的下酒菜。

長槍手無奈地咬著逐漸被葡萄酒泡軟的堅果，害魔女輕笑出聲。

被叫住的哥布林殺手則走向餐桌，對妖精弓手狼狽的模樣打量了一陣子。

「幹麼。」

結果開口第一句話是這個。

礦人道士與蜥蜴僧侶對看一眼，很自然地聳了聳肩。

即便剛結束冒險，那傢伙還是完全沒變，這該說是教人放心嗎？

「哪有什麼幹麼。」

但妖精弓手似乎無法接受的樣子。

她啪啪啪地用力拍桌，翻起白眼朝上瞪著他的鐵盔。

「既然回來了至少跟我打聲招呼嘛。」

「是嗎。」

「就是啦！」

櫃檯小姐微笑望著「哼」一聲發出粗重鼻息的妖精弓手，若無其事地挪動椅子。

把空間騰出來後，她順理成章地招手將哥布林殺手邀來自己旁邊入座。

對毫不客氣一屁股坐下的哥布林殺手，櫃檯小姐笑咪咪地出聲道：

「辛苦您了，哥布林殺手先生。任務進行得如何？」

「正要報告。」說完他微微傾斜鐵盔。「但妳結束工作了吧。」

「有什麼關係嘛。」

櫃檯小姐感到有點生氣，因此微微嘟起嘴脣。

「之前都是由我聽您報告，所以還請先知會我。」

「唔。」

哥布林殺手繞起手，喃喃自語似的陷入思考。

「有哥布林。」

「那個大家都知道啦。」

長槍手露出悻悻然的表情，吐槽他斬釘截鐵的回答。

他以一副「你根本就不懂」的態度聳聳肩、搖著頭。

「櫃檯小姐是想知道，你的任務獲得了不遜色於我的成果啊。」

哥布林殺手稍微思索一下才繼續說：

「十五隻都殺光了。」

大概是期待他會說出什麼精采的冒險歷程，長槍手一聽失望地垂下頭。

「喂喂，哥布林殺手。應該還有其他內容可聊吧。」

魔女恍惚地瞇起眼，並將玻璃杯送到嘴邊。

「不可能，沒有，對嗎……？」

「也是，既然嚙切丸出馬了，鐵定有戲看。」

「畢竟是小鬼殺手兄吶。這次任務是否有什麼奇特之處？」

「那些傢伙，有裝備。」

礦人道士與蜥蜴僧侶心領神會地相視頷首，哥布林殺手也點點頭。

「被擄走的女孩都沒事。」

「哎呀。」

櫃檯小姐驚訝地眨了眨眼。

「的確值得慶幸沒錯……但也太稀奇了吧。」

對她而言，在公會服務五年的資歷中，這可是相當罕見的例子。

先不論實戰經驗，至少間接聽來的冒險次數，她是所有人當中最多的。

就算不管這點，剿滅哥布林的任務即使厭煩，也必然會大量接觸。

倘若是還沒被擄走或是剛被擄走沒多久就罷了，但那些女孩可是被囚禁了半個月。

「是被視為食物嗎……？還是說，高階種之類的把她們當作人質了呢？」

「不。」他搖搖頭。「她們有受傷，也很害怕。」

「我記得他們是入侵礦山吧。」

「原本會鎖定礦山襲擊就不尋常。」

「所以說不是為了覓食囉，唔嗯……」

如此這般，能跟上哥布林殺手對話的，就只有櫃檯小姐而已。

櫃檯小姐對他淡然持續下去的發言逐一點頭同意，並用指尖按著嘴脣陷入思考。

至於一旁的長槍手吵著「我也該去研究哥布林了嗎!?」云云，她則毫不在意。

哥布林之所以會擄走女孩，十之八九是為了繁殖。

不過另一方面，也可能是出於尋求慰藉、玩物，或是洩憤的需求。

正如對人類而言，哥布林是邪惡的存在；對哥布林而言，人類也是無法容忍的對象。

同樣身為女性，櫃檯小姐知道許多她根本不想聽聞也不想記住的悲慘結局。

因此這次能平安把女孩救出來，光這點或許就值得叫人高興……

「……唔嗯，如果報告只有這樣，暫時也還無法下定論。」

櫃檯小姐歪著腦袋，總覺得還有什麼沒釐清的部分，令她難以釋懷。

這點對哥布林殺手來說應該也一樣吧。他淡然地續道：

「口頭報告到此為止，之後會整理詳細的書面資料。妳再確認。」

「好的。不過我的值班時間已經結束了，明天一早會馬上處理。」

「無妨。」

「我有意見啦。」

這時，妖精弓手冷不防插嘴。

癱軟地趴在桌上的她努力聚焦火熱的視線，從下往上瞪著哥布林殺手。

「……比起報告，更應該先向朋友與同伴打招呼吧──」

如果是哥布林優先還能理解，妖精弓手輕聲補了句。

只見哥布林殺手緩緩搖頭：

「露過臉就沒必要。」

「沒必要也應該做。」

「是這樣嗎。」

「……畢竟，大家都很擔心你。」

「……是嗎。」

被這麼一說，哥布林殺手低聲沉吟著。

「我盡量。」

「──那就好。」

大概是終於感到舒坦了，妖精弓手的臉龐彷彿融化般綻放笑容。

就像在展示她心情好轉似的，一對長耳朵不住地搖晃。

身為超過兩千歲的森人，儘管她始終主張自己是成年人，但旁人恐怕難以苟同。

——假使上森人就是這副德行，她祖先看到了說不定會哭啊。

正當礦人道士撚著鬍鬚思索這些事時，櫃檯小姐迅速展開行動。

她一副若無其事的模樣探出上身，將手撐在哥布林殺手的膝蓋上。

這一連串動作自然到讓人不禁瞠目，而她的表情則是極度認真。

「對了，哥布林殺手先生。」

「什麼事。」

「那個、呃，後天，不是要舉辦收穫祭嗎？」

「嗯。」

嘶——櫃檯小姐深深吸一口氣，再吐出來。

為了平息悸動，她用手按著穠纖合度的胸部，這麼說道：

「——————您有沒有安排什麼行程呢？」

現場氣氛頓時一變。

原本就在同一桌的人不說，連周圍飲酒胡鬧的冒險者們都豎起了耳朵。

這種氛圍，就跟踏入迷宮時那種緊迫、高壓的精神狀態很相似。

長槍手本來要說「找我找我我閒到爆！」卻被魔女用『沉默』強制閉上嘴。

妖精弓手雖然睜著眼，但腦袋還因酒醉而一片茫然，只冒出了意義不明的咕噥聲。

在這種難以言喻的氣氛下，哥布林殺手回答了。

「……哥布林。」

「啊，除了哥布林以外的。」

「……唔。」

由於這個答案被對方直接排除了，哥布林殺手只好垂下頭思索。

或許可以這麼說吧——他正感到非常困窘。不論如何，這都是相當難得一見的光景。

在周圍客人屏息以待的關注下，只有櫃檯小姐臉上的笑容從未變過。

過了好一會，哥布林殺手才開口：

「……恐怕，該說沒事了，吧。」

「其實，我從午休以後有半天假可以用。」

既然這樣櫃檯小姐決定一鼓作氣直接衝了。

——現在就是關鍵時刻……！

畢竟這個作戰計畫是打從祭典的季節來臨、當他接下剿滅哥布林的委託時就擬定好的。

這種時期能輕易請到假，都是託了自己平日努力工作的福。

喝了酒也有幫助。藉由醉意產生的氣勢掌握時機，應該不算太差的選擇吧。

「可、可以的話，要、要不要跟我一起去逛逛？」

「……」

「您、您想想，舉辦祭典的時候，容易引發各種騷動，對吧？」

儘管毫無意義，櫃檯小姐還是忍不住羞赧地玩著手指，並盯著那頂鐵盔。

他總是戴著那頂廉價的鐵盔，從不露出底下表情。

因此除了在心臟狂跳的狀態下尖起嗓子、拚命跟他說話外，沒有其他表達心意的手段。

對櫃檯小姐來說，當下的一秒宛如一分鐘，甚至一小時那麼長。在漫長的沉默過後——

「……好吧。」

哥布林殺手點點頭。

儘管是淡漠又不帶感情的回答，但一字一句都十分清晰。

「畢竟平常受妳照顧。」

「啊，是、是的。」

櫃檯小姐回了句也謝謝您並低下頭，麻花辮順勢跳了一下，在背後搖晃。

──咦，跟對方道謝好像有點怪怪的吧？

這番疑惑快速閃過，不過那也無關緊要了。

將身體完全交由此刻在胸中迅速膨脹的喜悅才是正解。

「啊，對、對了！哥布林殺手先生，您想吃點什麼嗎？」

「不，不用。」

哥布林殺手恍惚地搖搖頭，從椅子上起身。

一如往常用熟練的動作檢查完盔鎧劍盾護手，他自顧自地點點頭。

「報告結束，今天該回去了。」

「喔喔，這、這樣呀。」

櫃檯小姐雖然有些遺憾，卻又因為這很像他的回答而感到滿足，心情十分不可思議。

「呃，那麼……」

「收穫祭那天，正午，廣場。這樣可以嗎。」

「好！」

「明白了。」

點過頭後，哥布林殺手轉身環視眾人一圈。

「你們呢？」

因為這句話而抱頭苦惱的，並非只有櫃檯小姐一個。

她露出一臉「真沒辦法」的表情，彷彿內心充滿了無奈。

至於蜥蜴僧侶跟礦人道士，也雙雙無計可施地抱頭苦思。

他們傷腦筋地聳了聳肩，不過認真替櫃檯小姐助攻一下也沒損失。

「貧僧那天，打算和術師先生邊溜達邊買些東西吃。」

「沒錯沒錯。我早就想跟長鱗片的好好比拚一下酒量，那天是個好機會。」

礦人道士砰地拍了一下肚子，帶著一臉笑意搖了搖趴在桌上的妖精弓手背部。

「長耳朵，妳也來吧。真要說起來，礦人跟森人長年都是一起混的。」

「咦咦……」她發出不滿之聲，模樣就像剛睡醒的小孩，聲音缺乏抑揚頓挫。

「來唄，請妳喝一杯絕對沒問題。」

「……那我就去。」

「是嗎。」

對這三人的反應，哥布林殺手還是像以前一樣淡然回應，接著作勢離席。

長槍手本來好像有話想說，但只能無聲地動著嘴，魔女則代言道：「我們這邊有約(date)了」。

「那，我回去了。」

沒什麼道別的話，就跟之前一樣。

從公會櫃檯附近抓來一位職員做完報告，他便步出屋外。

他大剌剌而不加修飾的腳步毫無淩亂之兆，這點也完全沒變。

真是個奇怪的冒險者。

對著那名副其實的怪人背影，所有人都以無言的眼神目送。

「……該怎麼說呢。」

蜥蜴僧侶似乎很感佩地嘆了口氣。

「剛才那一刺(Sting)還真犀利啊。」

「欸，欸嘿嘿……能、能這麼順利真是太好了呢。」

害臊的櫃檯小姐臉紅了，用手指撥弄自己的麻花辮。

至於魔女正隨手撫摸著如槁木死灰般的長槍手，以笑容說了聲「是呀」。

「妳很努力……嘛，嗯。」

「努力歸努力啦，但對方是嚙切丸可就……」

礦人道士百般無奈地嘆了口氣。

「妳這塊鐵砧，應該多跟人家學學啊。」

「……吵死人了，少煩我。」

動作十分遲緩地，妖精弓手花了好長一段時間才把臉抬起來，狠狠瞪向礦人道士。

「我只是想找那個笨蛋一起去冒險罷了。別把我算進去。」

「但就連這點都失敗啦……」

「嗚、嗚咕咕咕……」

「算了，來吧。再喝再喝。」

她的杯子，又被添進了滿滿的葡萄酒。

妖精弓手白眼睨著礦人道士，最後才微微點頭，將杯子湊到嘴邊。

櫃檯小姐觀察對方反應，此時滿懷歉意地垂下眉尾出聲道：

「呃，那個……對、對不起囉？」

「沒關係啦，我又沒差。剛才不是說過了？我才沒那個意思呢。」

妖精弓手雙手捧著杯子，淺啜著杯中的酒，同時看向櫃檯小姐。

「問妳喔。」

「是？」

「……我也可以用『除了哥布林以外』那一招嗎？」

§

哥布林殺手走出公會，立刻被甘美的香氣所包圍。

那麼，這到底是什麼味道呢——……

正思索的時候一陣涼風襲過，香氣隨即被吹散。

日落後，白天的暖意就像作夢一樣消失無蹤。

夜色逼人。仰望寒冷的天空，星星耀眼地閃爍著。

彷彿跟人們約定好會豐收似的，總覺得雙月的光輝帶有金屬般的無機。

「唔。」

入秋了。

話雖如此，他也沒什麼特別的感想。

收成後，哥布林襲擊村子的事件也會變多吧。

春天有春天、夏天有夏天、冬天有冬天，而秋天也有秋天的戰鬥方式，如此罷了。

望向小鎮，街上已陷入一片寂靜。

為了祭典準備的旗幟與旗杆，還有用木頭搭建的塔等等，在地面上投射出複雜的影子。

彷彿鑽越這些黑影的縫隙，哥布林殺手走了過去。

儘管是熟得不能再熟的小巷，在通過陰暗處時，他還是會反射性地緊握拳頭。

就算幽暗中沒有東西在蠢動，哥布林會從什麼地方冒出來也沒人敢保證。

躲在那個掩蔽物後應該不錯。假使從那邊衝出來的話該怎麼對付。

就算隨時做好準備，也不見得能派上用場，但凡事豫則立，不豫則廢。

哥布林殺手認為自己非常懂得這樣的道理。

「啊，找到了找到了。」

因此即便有個聲音突然親密地叫住他，他也毫無驚訝之色。

那是親切而亢奮的說話聲。與夜晚的街道不太相稱，不，反過來說這種開朗才是此刻最需要的。

「怎麼。」哥布林殺手道。「來接我嗎。」

不必確認來者身分，一定是牧牛妹。

「嘿嘿——」笑逐顏開的她挺起胸膛，以輕盈的小跑步朝這邊奔來。

「雖然想說那是當然的囉，不過我偶爾也會為了工作來鎮上呀。」

「是嗎。」

「就是那樣沒錯。」

那頂髒汙的鐵盔，仔細打量著她點頭時的臉龐。

「送貨？」

「不是。」

牧牛妹左右搖搖頭。

「來做買賣。因為是跟錢有關的事，舅舅（註1）叫我也要多少學一點，所以才派我出來。」

哥布林殺手又說了聲「是嗎」並點點頭。

太陽西沉，街道昏暗，人類活動的氣息少了，夜色愈發濃郁。而鎮門之外的道路更是如此。

「……回去吧。」

「嗯，走吧。」

兩人自然而然地並肩而行，配合彼此的步調前進。

石板地上拖出長長的黑影，雙方都不發一言，繼續踏著回家的路。

雖然沒有加緊腳步，但反過來說他們也沒有刻意放緩速度。

至於沒有對話這點，在心情愉悅的時候仍令人感到舒服。

「啊……」

註1　原譯「叔叔」，自本集起修正為「舅舅」。

咻。此時恰好有陣涼風吹過，送來了某種甘美的香味。

哥布林殺手一直試圖回憶起這是何種氣味，卻一直想不起來。

就在這時，伴隨著風的吹送，一片花瓣輕飄飄地在空中描繪出弧線墜落。

哥布林殺手仰頭注視，那花瓣來自一朵妝點樹木的金色花朵。

「啊啊，金木樨。」

牧牛妹也跟著仰頭，彷彿十分眩目地瞇起眼，用手遮著透過縫隙觀看。

「已經開了呀。原來又到了這個季節呢。」

──所以那是花香嗎。

終於搞懂的哥布林殺手喃喃說了句「原來如此」。

跟淡黃色的花瓣放在一起比較，原本冷冽的滿月看起來溫暖多了，真是不可思議。

隨後，當他再度邁出步伐時，左手忽然被柔軟的物體包覆住。

牧牛妹的右手，牽起了套在皮護手裡的哥布林殺手的左手。

她臉上微微泛出紅暈，彷彿很害羞地別開目光。

「那個，望著上面走路，很危險唷……因為現在很暗嘛？」

「……」

「啊，你不喜歡這樣嗎？」

哥布林殺手的沉默究竟該如何解讀呢？她倏地把臉湊過去觀察。

表情被鐵盔遮住的哥布林殺手，過了一會後才緩緩搖頭。

「……不會。」

「……欸嘿嘿。」

就這樣，牧牛妹逕自拉起哥布林殺手的手走了起來。

體溫逐漸穿越防具傳了過來。緊握彼此的手，哥布林殺手也繼續跟隨她。

牧牛妹則微微轉頭，仰望他的側臉。

「話說回來，那個——」

「怎麼了。」

「金木樨的花語，你知道是什麼嗎？」

「花語。」

對哥布林殺手來說，這個辭彙好像是第一次聽到，他喃喃著複誦了一遍。

「不，不知道。」

「這樣的話，你找時間去調查一下比較好唷。」

那副口吻，與想裝大人的小朋友十分相似。

牧牛妹有點得意地「呵呵」一聲，臉上綻放笑容，並豎起食指輕輕晃了晃。

「因為我個人認為，這種花很適合你呢。」

「……我會記得。」

哥布林殺手慎重地頷首，牧牛妹也「嗯」地點點頭。

——可以趁現在說出口嗎？

當下的氣氛也夠融洽，牧牛妹心想。

就算戴著鐵盔，只要用對方法，他這個人大致上還算好懂。

然而偶爾還是有意外頑固之處，所以遇到那種情況就得智取才行。

「……今年的祭典，也快到了，應該說，就是後天了呢。」

「嗯。」

哥布林殺手有點恍惚地點頭。

「我也被約了。」

「唔欸!?」

牧牛妹不小心發出怪叫。

「怎麼了。」

「咦，沒事，呃……是誰約你？約你做什麼呢？」

「櫃檯小姐。公會的。妳認識吧？」

聽哥布林殺手這麼說，牧牛妹默默點頭。

櫃檯小姐。身材姣好，工作認真又很細心，是位成熟的女性。

「沒理由拒絕。我試過約其他人，但大家似乎各有安排。」

牧牛妹不自覺停下了腳步。

「……怎麼了？」

「啊、啊哈哈哈……」

牧牛妹為了掩飾尷尬，用空著的左手撥弄頭髮。

——哎呀呀。被別人搶先一步了……

也不知究竟明不明白牧牛妹的心聲，哥布林殺手只是淡然地重複問道。

「什麼事。」

「……不。沒事沒事。」

牧牛妹緩緩搖著頭。

沒有，沒什麼，沒啥大不了的。嗯。沒事，沒事才對。

只不過是自己煞費苦心的盤算落空罷了。這種情況下，就算把邀約的話語說出來好像也沒意義，但問問看不是什麼罪過吧。

「其實，我也想找你一起去逛逛——就這樣。」

「是嗎。」

「嗯。」

他點點頭，接著又是一陣沉默。

地面不知不覺從鎮上的石板路變成泥徑，兩人已通過大門來到郊外了。

春天時這座山丘開滿了怒放的雛菊，也是冒險者們與小鬼激戰的場所。

如今則化為一大片為了過冬而種植的牧草地，只有兩人的腳步聲沙沙地響著。

豎起耳朵，可以聽見「哩——哩——」的微弱蟲鳴。他身邊則是青梅竹馬的呼吸聲。

儘管氣候越來越冷，但還沒到吐息會變成白霧的程度。

「……欸。」

「什麼事。」

「你們約的時間，是從幾點開始？」

「下午。」

終於，牧場的點點燈火從遠方映入眼簾。

哥布林殺手的雙眼——鐵盔——依然向前，靜靜地這麼答道。

牧牛妹聽完則喃喃應了句「是嗎」，將顫抖的手微微貼向胸口。

「那麼……如果我說把上午的時間給我，可以嗎？」

「可以啊。」

「咦——？」

本以為會被拒絕的牧牛妹，不由得愕然地望向哥布林殺手的側臉。

髒汙鐵盔融入了夜晚的幽暗中，實在很難判斷他的反應。

而他的回應也一樣，真正的想法究竟如何始終很曖昧。

才剛說他應該算是個好懂的人——結果接受了邀約卻沒有顯露內心意願？

牧牛妹用力嚥下一口唾液。希望自己的聲音不要發抖就好了。

「真、真的？」

「為何要騙妳。」

他如此斷定的口吻毫無半點遲疑。

當然他不是那種會信口開河的男人，牧牛妹早就明白這點。

「可、可是……這樣好嗎？」

「沒什麼好不好。」

哥布林殺手面對她不安的疑問，斬釘截鐵地斷言道。

「提的人是妳吧。」

「唔……那、那麼，如果你願意的話？」

「我沒意見。」

「太棒了！」

聽了他一連串淡淡的回應，牧牛妹這才終於忍不住大聲歡呼。

她輕盈地跳著，連豐滿的胸部也隨之搖晃，一個轉身繞到他面前。

「那就這麼約定囉。祭典那天，從早上開始。」

「嗯。」

哥布林殺手似乎被她的氣勢震懾了，感到有些不可思議似的歪著腦袋。

「有那麼開心嗎？」

「那還用說！真是的。」

這種事又何必再問呢，牧牛妹以滿滿的笑容回應。

「跟你一起去逛祭典，距離上次已經相隔十年之久了耶！」

「這麼久、嗎？」

「就是這麼久。」

「……是嗎。」

哥布林殺手這時，用異樣嚴肅的態度點點頭。

「……我都不知道。」

燉濃湯的香氣微微飄送過來。

這是假裝有事要辦、其實是**出門去接他**之前，預先在廚房準備好的。

而家已近在眼前了。

間章「意外煩人的女人的故事」

真是的，受不了。

最近都沒辦法好好休息，臉頰也一直是薔薇色，簡直累煞人也。

請至少讓精神稍稍專注一下吧。

在臥榻上滾來滾去、隨意晃動四肢……

都幾歲的人了？這樣子很不莊重喔。拜託，別鬧彆扭啦。

真是的，那也是沒辦法的事不是嗎。大主教大人的職務可謂牽一髮動全身吧？

所以不可能隨隨便便就跑去祭典上玩樂啊。

此外好比之前的邪教教團善後事宜，神祕的崩塌等等，還有各種堆積如山的工作等著呢……

說真的，那到底是怎麼回事？郊外居然會發生爆炸。而且還是兩個地點！

真討厭，如此不平靜的氣氛。這陣子究竟是怎麼了嘛。

正因如此才更需要至高神的神威。所以請繃緊神經吧。

來，去洗把臉，把頭髮梳整齊，化個妝，將儀容整理好。

因為今天有非常非常重要的客人要來，所以千萬不能馬虎喔？

妳看最近交付委託的那位先生，也是非常熱中工作的好榜樣不是嗎。

這點可是很重要的喔。腳踏實地，苦幹實幹……

……啊，終於振作起精神了呢。

唔呼呼呼。沒錯沒錯。這樣就對了。

假使真的有很介意的事，寫封信過去也可以吧？我願意代筆。

妳瞧，準備一張仿古風以焚香薰蒸過的信紙，再用嶄新的墨水書寫。

沒錯沒錯，就是這種鬥志。只要加點情趣，工作起來也會更有幹勁呢。

何況今天的訪客……是的，就是那三位大人。

怎麼，妳想想，那場祭典不是要舉行儀式嗎？

表達一下妳想參觀地母神的祀事之類的，請對方寫封介紹書也可以啊。

……啊啊，不行啦。拜託，請別再鬧彆扭了。妝都糊掉了……

真是的，受不了！妳這樣也能算是被譽為劍之聖女的人物嗎！

# 第2章 『前夜祭』

Goblin Slayer
He does not let anyone roll the dice.

哥布林殺手的一天開始得很早。

他總在黎明前就起床出門，穿好裝備，巡視牧場周邊。

昏暗的天色恰好能用來訓練夜視能力。

尤其正值夏天結束的初秋時分，黎明前又暗又冷。

對他來說——此外對哥布林也一樣，這都是盼望已久的時節。

在沁涼入骨的空氣中，他將時間耗費在訓練與警戒上，直到地平線露出魚肚白為止。

對著地面，他定睛凝視，手上拿著武具，一步一步不敢大意。

即使下一秒鐘哥布林突然現身，想必他也能不慌不忙地給予冷靜而殘酷的制裁。

他行事就是如此徹底到給人這種印象，或者該說，成為一個符合這種形象的

人，才是他真正的目的。

「早安——今天也很冷耶。」

黎明一到，雞鳴聲響，青梅竹馬的她也起床了。

儘管嘴裡叫著好冷好冷，她的打扮卻只是在內衣上披了一條床單。

豐滿的胸口毫不吝嗇地從窗口探出來見人，會冷也是理所當然的吧。

「會感冒喔。」

瞥了一眼立刻別開視線，哥布林殺手淡淡地將拔出的劍收回去。

「別看我這樣，人家可是好好鍛鍊過所以沒問題的啦。很快就可以吃早飯囉。」

「不……」

他做出豎耳傾聽的動作微微歪著脖子，彷彿略略想了想。

「有件事要先處理。」

「啊，是喔？」

「妳先吃，別管我。還有……」

哥布林殺手稍稍思索了一下，結果還是用跟平日一樣的語調說：

「我今天會晚回來。」

「……嗯，我明白了。」

牧牛妹有點遺憾地嘟起嘴，不過臉上很快又浮現笑容。

「吃完以後，餐具要收拾好唷。」

「知道。」

他揮揮手將視線從縮回窗戶內的她身上移開，接下來的目標則是儲物間。

真要說起來，這其實是現在正被閒置、類似倉庫的隔間，被他暫時借去用罷了。

嘰一聲將門推開，他踏進了倉庫內。

地板擠滿不知名的裝備與小道具，他將雜亂的物品推開，騰出空間。

好不容易空出位置後他才坐下，將腰帶上的劍取下，並翻出磨刀石。

哥布林殺手透過昏暗的光線觀察，劍身歪斜、劍刃損毀，還冒出了鐵鏽。

一把劍會因血脂而變鈍，連砍殺五人都難——這句話經常聽說。一點也不錯。

優秀的廚師就算整天待在廚房工作，也得找機會一遍又一遍地把刀重新磨利吧？

換作勢戰鬥的專家、大師，那怕曾斬過上百人，道理也相同。劍這種東西，充其量只是切某種肉的菜刀。

只不過在混戰中揮舞時，情況又截然不同了。

有時甚至還得從小鬼手中奪過粗製濫造的武器使用。

對他而言，不管武器防具或消耗品，只要有必要就得從敵人那搶來。

「……」

即便如此，也絕不能成為疏於檢整裝備的藉口。

哥布林殺手首先從打磨佩劍著手。

去除鐵鏽，將歪斜處敲正，而缺損的刃則用磨刀石修整平順。

俗話說，會彎但不會斷的劍就是好劍。

不過以手中這把劍的情況來說，單純只是打造它的公會工匠手藝不錯罷了。

他很清楚這並非什麼無銘寶劍，只是大量生產的簡陋製品，正因如此，他才能毫不猶豫地用過就丟。

「接下來。」

將劍收進鞘內後，哥布林殺手取出下一件裝備。

盾與鐵盔、皮鎧方面要說是很幸運嗎，先前已經在水之都修繕完畢了。

儘管沒打算特別珍惜地長久使用下去，但仍值得感謝。

因此前述三項只要稍微擦洗、保養一下就結束了，重點擺在靴子上。

果然這雙鞋也不是什麼特別訂製品，只是隨處可取得的平凡配件……

但卻能幫他在洞窟或原野上走動、奔跑、跳躍，甚至將敵人踩爛踢碎，是極其重要的裝備。

萬一被泥濘、水窪絆住腳步怎麼得了，若中的是『泥陷阱(Snare)』還另當別論。

他檢查靴底的止滑溝紋，將卡在裡頭的土塊剔除後擦乾淨。

之後也確認了鞋帶的狀況，因為已明顯脫線便抽了下來，換了條新的。

光是這樣就能降低因倒楣而滑倒的機率，沒有理由不做。

此外還有襪子。這部分也不能疏忽。

長時間的跋涉，或在不平整的地面與溼地移動時，就必須防止腳掌與靴子過度摩擦造成負擔。

他的師父對鞋襪並不執著，不過那是因為師父身為圃人之故。

圃人赤腳走路才是常態，換言之最棒的鞋子早已長在他們身上。

只要能在行進時保持安靜，不論何種地面都不至於滑倒，穿什麼都毋須太過擔心。

自己也該學習才對，哥布林殺手時常想道。

「那麼。」

裝備全都檢查完一遍後，哥布林殺手緩緩起身。

驀然回頭，棚架上有個玩意滾落地面，原來是一頂覆蓋著紅黑色鏽斑的鐵盔。

這是以前用過的玩意。哥布林殺手彎腰拾起，將其放回棚架原本的位置。

既然都將整套工具擺出來了，乾脆順便把農具也整修一下吧。

思及此，他便打算直接拿起磨刀石等器具走出倉庫，結果門口卻佇立著一個人影。

「……你真有精神啊。」

「……是。」

在一大清早澄淨到有些冷冽的空氣裡，混雜著一絲紫煙的芳香。

仔細一看，原來是牧場主人倚在牆邊，正呼嚕呼嚕地抽著菸斗。

對方嚴肅的臉孔表情不善，哥布林殺手微微垂下鐵盔。

「早安。」

早——牧場主人以冷漠的語調回了一句。

「聽說你跟她約好，要去逛祭典是嗎。」

「是。」

「……關於這件事，我應不應該代替她的父親發發脾氣？」

與哥布林殺手視線交會時，牧場主人不懷好意地這麼說，隨即笑了。

這個人也會露出這種笑容嗎，哥布林殺手此刻才突然懷疑起來。

只見對方再度繃緊臉，啪沙啪沙地用力搔著微禿的腦袋。

實在是不太想講這個——牧場主人如此低喃著，不知究竟在對誰說。

「我知道你沒那個意思……不過可別隨便玩弄人家的感情。」

「是。」

「我聽說，你周圍有許多女性……嗯，我懂。你不是會因此沾沾自喜的個性。」

「是。」

「關於這點，那丫頭是否真的不在意呢……多少顧慮一下她的心情吧。」

「……是。」

看見哥布林殺手慎重地點點頭，牧場主人臉上浮現難以言喻的表情。

「明白就好。不，等等……」

牧場主人說到一半突然打住，以訝異的視線盯著他的鐵盔。

「……你真的一直都明白嗎？」

「有想過。」哥布林殺手答道。「但沒自信。」

聽了這番話，牧場主人用拇指揉了揉眉心。

「……待會，你打算做什麼？」

「把農具保養好，就去鎮上買東西。」

「是嗎……」

牧場主人舉止粗野地咬住菸斗的一端，閉起眼。似乎不知該說什麼才好。

最後終於發出的說話聲，就像是硬擠出來似的。

「……既然如此，至少先吃過早飯再去吧。」

「……」

「再怎麼說那也是她親手做的。」

「是。」

「難得的休假……別把自己逼太緊啊。」

「是。不過……」

似乎顯得有點困惑，哥布林殺手欲言又止。

「我其實，不太清楚，休假是什麼。」

哥布林殺手，並沒有忘記把餐具收拾好。

§

那是一件內衣。

不，更正確地說，是一套宛如內衣的鎧甲。

整套只包含護胸、護手以及下腹部的鎧甲。以分類而言應該算輕甲。

就方便活動的角度看，板甲根本無法與之相提並論。

而這套裝甲本身的曲線也設計得十分優美，說得上是既精巧又堅固。

關於這部分，原來如此，已經沒什麼好挑剔的了。

然而它的問題在於……首先，保護到的部位太少。

畢竟只有胸部——更正確地說是乳房，以及下腹部能獲得防護。

即便附有護肩，但真正的問題不在那裡。

如果使用者的肚子遭受來自正面的一擊會如何呢？內臟應該會噴出來吧。

或是背部遭人砍了一刀，光是這樣就難保不會身負致命傷。

啊，不過，方便直接處理傷口應該也算它的優點吧。

又或者這套裝甲的目的，就是讓使用者做好絕不能受傷的覺悟也說不定。

然而追根究柢，直接在赤裸的肌膚上穿這個好像就不太對吧？

在底下套件鍊甲或內甲不是更妥當嗎。

只要這麼搭配，問題就一舉解決了。

「……不不不不，千萬不可以。」

「為何。」

「要是把肌膚遮住，就無法釋放女性的魅——」

這時正在說話的女騎士視線，移向了就站在一旁的髒兮兮戰士。

「呃，哥布林殺手!?」

「是我。」

他點點頭。

這裡是冒險者公會的一隅——武具店。

大量裝備堆積如山。內部還有工坊，師傅與助手正咚咚地揮打鎚子。

哥布林殺手每次調度裝備都會造訪這裡，但遇到女騎士還是頭一遭。

畢竟騎士喜好的裝備，不管是板甲也好、劍盾也罷，都不是隨便就能購得的品項。

然而身著重裝擔任前鋒的她，如今卻像這樣站在一套輕鎧前煩惱。

「妳打算換輕裝嗎。」

「不，呃，也不是那樣啦……」

她平日凜然的氣息消失無蹤。

女騎士扭扭捏捏地支吾其詞，然後狠狠對站在一旁的哥布林殺手白了一眼。

「應該說，看到你的尊容我就一點都不想穿皮甲了。」

「是嗎？」

哥布林殺手微微歪著腦袋。他那一身裝扮，一言以蔽之就是邋遢寒酸。

髒汙皮甲搭配鍊甲，此外就是一頂完全蓋住臉的廉價鐵盔。

當然，用油脂（wax）反覆煮過多次的皮革硬度，絕對不能小覷。

且與金屬鎧相比，皮甲要來得輕巧多了。只要仔細調整過再穿上，還能同時保持身軀靈活。

而頭盔雖是不論新手老手多數人都討厭的裝備，卻能避免頭部遭受意外襲擊。再搭配套在底下的鍊甲，原來如此，即使在狹窄幽暗的場所跟小鬼戰鬥也不必擔心。

「多少處理一下，呃，該怎麼說呢。」

女騎士好像有些意見，從頭到腳依序打量了哥布林殺手的尊容一遍。

「稍微打磨清洗乾淨一點不是比較好嗎？」

此外全身沾黏的那種紅黑色汙漬要是能弄掉就更好了。然而——

「這是故意的。」

哥布林殺手以淡然的語調回應，好像還有點自豪的樣子。

「變得和小鬼一樣臭，就不會被他們察覺。」

「……至少身體要保持乾淨吧。」

「嗯。」

哥布林殺手極為認真地點了點頭。

「不然有人會發脾氣。」

這句恐怕是出自肺腑的真心話，令女騎士無言地仰天一望，彷彿在向神祈禱。

當然她並未獲得神諭(Handout)。她的悲願想必被神狠狠地揉爛扔掉了不會錯。

——還是別再繼續追究吧。

「……話說，那你又是來買什麼的？」

「木樁和繩索兩捆。還有鐵絲、木材一類。此外也需要弄把新的圓鍬(Scoop)啊。」

「……」女騎士不自覺咕噥著。「你說什麼？」

「木樁和繩索兩捆。還有鐵絲、木材一類。此外也需要弄把新的圓鍬(Scoop)。」

「冒險為何要用到這些？」

「冒險用不到。」

哥布林殺手斬釘截鐵地搖搖頭。

「剿滅哥布林用得到。」

唉——不必說，女騎士聽了只能深深嘆口氣。

到頭來哥布林殺手並不怎麼在意她的反應，只是興致勃勃地觀察那套鎧甲。

由於分成上下兩部分，跟內衣沒啥兩樣，是套讓人很難以鎧甲稱之的罕見逸品。

「這是什麼，部位鎧嗎。」

「以分類而言應該算吧。」

女騎士雖然姑且同意了，但仍覺得哥布林殺手根本沒搞懂。

不論怎麼看，這都超越了『部位鎧』的範疇，只是一套裝甲過分單薄的裝備。

如果有人穿上它去冒險，甚至跟怪物戰鬥，鐵定是精神不正常。

不，假如是具備某種程度以上技巧的輕裝戰士，或許不成問題？

否則就是給後衛……例如魔法師、盜賊，或由僧侶穿戴，可能剛剛好也說不定。

哥布林殺手想到這，緩緩搖頭。

「我難以苟同。」

「……就是那個啦。在當冒險者的女孩子都會遇到的，你懂吧。」

猶如在解答哥布林殺手的疑問般，女騎士開口道。

她滿臉通紅別開視線，語調也吞吞吐吐。跟平時的她判若兩人。

「適合結婚的對象，呃，太少了呀。」

「是嗎。」

哥布林殺手微微歪著頭。

至少這位女騎士的外貌，以美麗動人來形容並不為過。

閃閃發亮的金髮。細長的眼眸。五官整體也很端正，而皮膚應該有好好保養，感覺很光滑。

如果換上一套晚禮服，要說是哪家的千金小姐一定也沒多少人會懷疑。

然而她卻回了句「就是這樣」。想必所言不虛。

「那個，你自己想想看。男性冒險者如果拯救了村姑還是公主之類的，不是常會跟對方互許終身？」

「妳問我，我也不清楚。」

說完，哥布林殺手的鐵盔突然歪了一下。

他回憶起小時候，好像有聽過類似的故事。

騎士擊敗龍拯救公主。把公主帶回城堡後，騎士卻拒絕繼承王位，再度前往遠方冒險。

結果在無比遙遠的異國之土，騎士與公主結合，建立起新的國度。

「……嗯，就當妳說得對。」

他就像在解謎(Riddle)似的，以小心翼翼的慎重口氣問。

「所以又如何？」

「被留下來的女性冒險者該怎麼辦嘛。」

女騎士露出了極度沮喪的表情。

「唔。」

哥布林殺手雙臂交抱，微微發出咕噥聲。

「跟其他同伴結婚應該可行。」

「我知道幾支因為戀愛糾紛而崩潰全滅的小隊。」

「那還真可怕。」

的確如此。

哥布林殺手極為認真地表示同意。

他有時會看到女性成員很多的小隊，但大多都會伴隨著一堆麻煩。

——不，假如全都是女性，小隊氣氛反而會不錯的樣子。

他記得以前曾聽某處的女部落戰士(Amazones)這麼提過。

當時他覺得這情報跟剿滅哥布林毫無關聯，現在回想起來應該要問清楚點才對。

如今他自己的小隊也加入了兩位女性。已經不能說是無關了。

「那麼，去外面找對象就可以了吧。」

姑且不想別的，先顧好眼前的談話對象。哥布林殺手試圖以實際的觀點建議對方。

結果女騎士卻擺出彷彿世界末日的表情，浮現自暴自棄的笑容。

「……一刀砍死巨人或龍的女人，會有男人喜歡嗎？」

「沒有嗎？」

「……那你覺得這樣的女性如何？」

「很可靠。」

「……不，你搞錯我的意思了。」

女騎士狐疑地瞥了哥布林殺手一眼，然後重重嘆了口氣。

「哎，算了，以我的情況，是沒有向外發展的打算啦……」

坐立難安、舉止失常的她，視線正不安地四處游移著。

「……好不容易才逮到一個，我只希望能稍微展示一下自己沒那麼強悍的一面……就這樣。」

「嗯。」都說得這麼明白了，就連哥布林殺手也猜想得出來。

她指的就是和她組隊的重裝戰士──重戰士。

「他嗎。」

那張常親切地照顧年輕人的嚴整五官，浮現在哥布林殺手腦海。

「……嗯。」

女騎士微微點頭的動作，就像位純真稚嫩的少女。

──不。

哥布林殺手輕輕吐了口氣。

──平常那副凜然姿態讓人以為她很年長，搞不好她其實意外年輕？

真沒辦法。

「妳不是說跟隊友戀愛容易添亂？」

「也、也要看時間和場合啦！」

「是嗎。」

「……喂，那個，哥布林殺手。呃，我有件事要不顧面子問你……」

女騎士欲言又止，因接下來要說的話而害羞到面紅耳赤。

「如果我換上這套……你認為，可以吸引那傢伙嗎？」

「在妳問我這種事時，就會被人懷疑有毛病吧。」

「嗚咕——」

在內衣鎧（Bikini armor）前，女騎士不由得反仰上半身。

能給銅牆鐵壁的她致命一擊（Critical hit），這情形還真不常見。

「況且真要奇襲，應該換個手段。」

「……你說什麼？」

然而，假使這點程度就令她動彈不得，可就有損肉盾（Tank）之名了。

聽了哥布林殺手這番話，女騎士訝異地挺直身子。

「使用類似的方法，效果會減低。雖然這是指剿滅哥布林的場合。」

「……我又不是在問你哥布林的事。」

女騎士不悅地撇開頭，不過最後還是半瞇著眼死瞪著那頂鐵盔。

只見哥布林殺手雙臂交疊想了一會，才淡然接下去說。

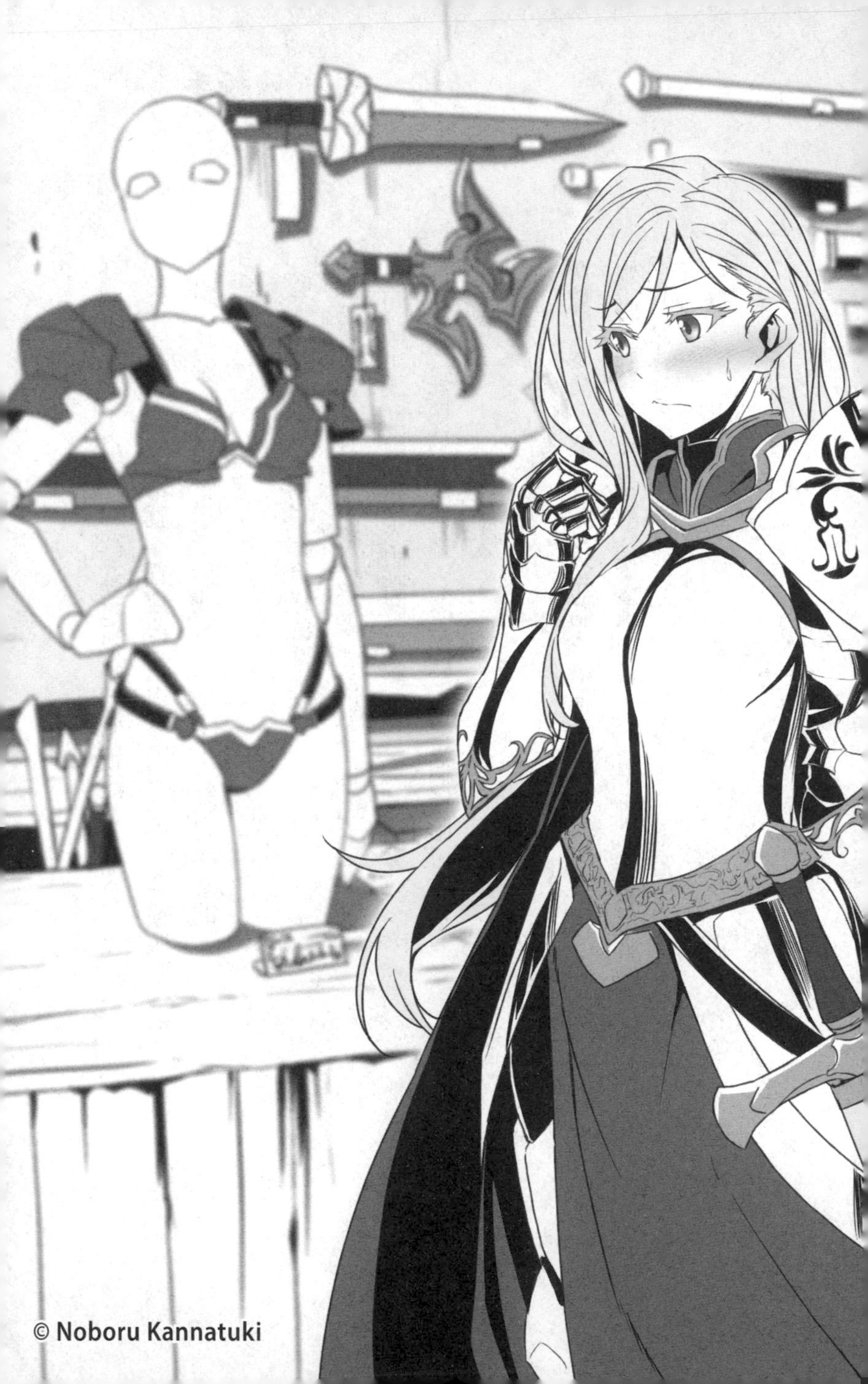

到頭來，除了自己的經驗談也找不到其他建言了。

「換作服裝，妳平常就一直穿著鎧甲。跳脫鎧甲，穿便服吧。」

「唔，嗯，便服嗎……我、我懂了……我會考慮的。」

「是嗎。」

「嗯。呃，抱歉，問了你奇怪的問題。」

「無妨。」哥布林殺手搖了搖頭。「因為是同行。」

這句話，讓女騎士瞪大眼睛眨了眨。

「……你這傢伙，既偏執，又頑固，還是個怪胎。」

「是嗎。」

「不過，並不是什麼壞人。」

女騎士微微一笑，最後這句話才堪稱奇襲。

她說了聲「那先這樣」便揚長而去，只留下哥布林殺手無言地愣在原地。

「咯、咯咯咯……搞什麼，結果你這傢伙還頗受歡迎不是嗎。」

§

一陣從喉嚨深處擠出來的嘶啞老翁笑聲，吸引哥布林殺手往工坊回過頭。

對方到底偷聽多久了呢？容貌會讓人誤以為是礦人的老爺爺自店內走出來。

哥布林殺手將先前的談話拋諸腦後，直接跨大步走過去。

「我要買木樁，還有——」

「你以為我聾啦？東西已經打包好了。喂，小子，快幫客人把貨拿出來！」

「是！」

一名少年學徒在師傅的罵聲下驚慌失措，急忙抱起木樁鐵絲等物品，辛苦送到了櫃檯這邊。

「謝了。」

哥布林殺手輕聲致意，便開始一一檢查商品。

只要跟這間工坊訂購東西，他們便會從別處幫忙進貨。

仔細全數確認過後，他滿意地抱起大部分貨物。

體積較大的圓鏟則用肩膀扛著，再將其餘物品掛在上頭。

把裝備的體積縮小再加以搬運，也是冒險者的必備技能。

「不過你這傢伙，花了五年的時間才好不容易跟人家混熟啊。」

哥布林殺手從雜物袋取出錢包，將貨幣叮叮噹噹並排在櫃檯上。

老翁則以肥厚的指尖一邊計算一邊把錢撥入櫃檯內側，眼睛瞇到了皺紋的縫隙裡。

「是嗎？」

「是啊。」

「是嗎。」

「就是。」

老翁皺巴巴的臉咧開一笑，語調就好像家中長輩在吐槽自己小時候調皮搗蛋的糗事似的。

「當你還是十五歲的小鬼跑來我這買些寒酸裝備時，我還以為之後再也不會見到你咧。」

「以性價比來思考，那是最佳選擇。」

「之後每次都以為你賺了一筆才來採購，結果老是挑些相同的貨色當消耗品。」

稍微長進點，偶爾給我買把上等的劍啊——老翁悻悻然說著。

但哥布林殺手沒有回答。

因為他堅信，想剿滅哥布林，沒有比那些更好的裝備了。

假使這世上真有一把專殺小鬼的魔劍，恐怕他也不會想去使用它。

「也罷。」

獨自發完一遍牢騷的老翁，一副已經厭倦的模樣在櫃檯支著臉頰。

「所以呢，還想順便買點啥嗎？我這裡剛好有罕見的商品喔。」

「是什麼。」

「我試著打造了南洋式的飛刀。」

「哦——」

哥布林殺手無意間低吟一聲。老翁並沒有錯過他的反應。

「喔，上鉤了啊」老爺爺臉上露出自信滿滿的笑容，不聽對方回答就轉過身。

他自棚架取下一把形狀異樣的小刀，重重擱在櫃檯上。

老實說，這還真是把奇形怪狀的短劍。

從握柄分出去的刀身共有三片，簡直就像枝葉般彎彎曲曲地延展出去。

這武器恐怕不適合短兵相接的肉搏戰，除了投擲以外沒有其他用途吧。

然而它又很明顯是把匕首，總體而言並非正統的武器。

「我稍微下了點工夫。你覺得呢？」

哥布林殺手抄起這把妖氣沖天的傢伙，試著擺出架勢，輕輕揮動，最後終於點點頭。

「哥布林一定學不會用這個。」

「你那什麼比較對象啊。」

「……優點是？」

老翁變得一臉嚴肅。

但能說明自己的傑作或許還是很令老翁開心，儘管緊繃著臉，卻忍不住欣喜地探出身子。

「看起來怪模怪樣，其實它依然算是把**劍**。」

只見老翁以長年經歷鍛造工作形成的粗糙手指，指著這分岔成三刃的鋼鐵。

「扔出去會旋轉，讓它能保持安定的軌跡，射程也更遠。比起突刺，手感更像是斬擊。」

「跟東洋的手裡劍很像。」

「那是刺傷對手用的武器吧。況且那個根本沒有握柄。」

「原來如此。」

哥布林殺手用手指滑過卍字形的刀身。

至少他覺得還不差。帶在身上也不會有損失。

「那，我買一把。」

「多謝惠顧。金幣五……不，算你四枚好了。」

對投擲用的小刀來說，這金額有點貴，但哥布林殺手毫不遲疑地付了錢。

櫃檯又擺上新的金幣，老翁也不檢查其真偽就收到櫃檯內側。

這位執著於狩獵小鬼的年輕人，比起什麼傳說之劍更喜歡這類裝備。

如果對上門五年的常客都無法掌握其喜好的話，生意恐怕無法長久維持下去。

甚至老翁根本難以想像，這名偏執狂男子試圖掩飾自己支付偽幣的糗態。

「剩下就是卷軸(Scroll)類。如果有貨請幫忙保留。」

哥布林殺手將卍字形的飛刀吊掛在腰帶的背後。

為了避免與雜物袋相撞，他還練了幾次反手拔刀，以調整位置。

等到他隱約顯露出心滿意足的模樣後，老翁才刻意用冷淡的口吻說：

「嗯。知道了，就照之前那樣。因為進貨數量本來就少嘛。還有其他需要的？」

「唔。」

等飛刀吊掛的位置終於可以接受後，哥布林殺手彷彿突然想起似的說道：

「……或許需要魚乾類的東西。」

「那玩意武具店怎麼可能有嘛。」

「是嗎？」

鐵盔無表情地歪了歪。老翁嘆了口氣。

——雖然早就知道他的脾性，但這傢伙的要求還真是越來越怪。

「……如果是要能保久的食物，倒是有其他的。」

「那麼請送兩、三桶到牧場來。」

「桶裝喔？我這可不是食品批發商啊。」

老翁嘴裡一邊碎念一邊取出帳簿，舔了舔尖筆開始寫下訂單。

§

等採購結束，哥布林殺手就像平常那樣踏著大剌剌的腳步離開工坊。

他邁向公會櫃檯的軟木告示板，徹底檢視張貼出來的委託。

已經有其他冒險者把委託挑走了。告示板上有被撕去的紙張碎片。

包括龍的難題、未知遺跡的調查、巨魔（那是啥）、前往大森林採集等。

還有祕寶探索、住在古城的吸血鬼（這有聽過）、驅除下水道的老鼠，以及討伐強盜。

他的視線還掃過了邪教、魔神、惡魔（Demon）的討伐與調查，以及相關資料搜集等。

從左上第一張看到右上，目光依序瀏覽過一遍，最後抵達告示板的右下角。

就這樣重複了兩、三遍，哥布林殺手終於得出結論。

「……今天沒有啊。」

偶爾也會遇到這種罕見的情況。

即便是哥布林，也不可能隨時隨地不看狀況就任意冒出來。

他望向櫃檯那邊，櫃檯小姐也不見蹤影。

「……唔。」

儘管微微發出感嘆聲，哥布林殺手還是若無其事地走向櫃檯。

他在那邊左右轉動鐵盔，注視那些好像很閒的其餘職員。

「喂。」

「哇，咦，啊……!?」

被嚇到的那名職員，把藏在帳簿後頭偷看的書都掉在地上了。

立刻裝作沒事的樣子把書拾起，那位職員——監督官的表情隨即放鬆下來。

「喔喔，這不是哥布林殺手先生嗎。」

這位腦袋有點怪怪的冒險者，就各方面而言都是本公會的名人。

「是關於昨天的委託吧。如果沒錯，報酬支付作業已經準備好了……」

「給我吧。裝成兩袋，平分。」

「明白了，會照您說的辦。」

「此外，我想做詳細報告。」

「啊……雖然報告給我聽也是可以……」

監督官露出有點困窘的反應，偷偷朝辦公室的後頭瞥了一眼。

但之後會被怨恨耶──監督官喃喃說了句哥布林殺手聽不太懂的話。

「但我並非負責人所以不太知情，還是之後再處理？」

「我都可以。」哥布林殺手並不怎麼在乎地點點頭。「怎麼了嗎。」

「不，請別放在心上。」

監督官這麼說完後，果然很在意背後而壓低音量，並咧嘴笑了笑。

「在假日前有很多工作必須處理完，所以她今天超忙的。」

「是嗎。」

「是的，之後我會轉告她『哥布林殺手先生過來關心妳』，這樣可以嗎？」

「雖然我並不擔心。」

不過自己也沒什麼需要特別拒絕的理由，於是哥布林殺手又補了句「隨便」並點點頭。

聽到這種回答，監督官臉上的笑意愈發深了，至於哥布林殺手則朝對方動動鐵盔，示意牆上的告示板。

「哥布林。今天沒有嗎。」

「您是指剿滅哥布林的任務？」

監督官說了句「請稍候」就先退到後頭去，隨後從金庫拿了一只皮袋出來。

裡頭裝的金幣用辦公室準備的天秤精準地均分為二，然後再換裝進全新的兩只皮袋中。

「來，請您點收。」

「謝了。」

「那麼，關於剿滅哥布林的任務……」

哥布林殺手隨手抓起兩袋報酬，塞進雜物袋裡。

這當中監督官則取出帳簿，舔了舔拇指開始翻頁。

「呃……沒錯耶。今天並沒有跟哥布林相關的案件喔。」

「口頭委託，也沒有嗎。」

「是的。今天似乎並未收到類似的案件。」

「是嗎……」

哥布林殺手低吟著。

「果然，沒有剿滅哥布林的任務，讓您感到很不滿意？」

「嗯。」

哥布林殺手對監督官的冗言，極為認真地用力點頭。

「不痛快啊。」

對不懂他意思、陷入困惑的監督官說了句「有勞了」，哥布林殺手便轉身走掉。

哥布林是種以掠奪維持生計的怪物。

除了原始的武器與道具外，不論食物或居所，恐怕都未曾有過自己生產的想法。

就算沒有這類發想，只要用搶的就行了，因此根本不必生產，正因如此——

「……」

——換言之，那群哥布林們正在潛伏。

哥布林殺手低聲咕噥著，同時搖搖頭。

他邊整理思緒，邊轉身對大廳望了一眼。

「嗚喔喔喔……！頭好像快裂掉似的，有夠痛……！而且櫃檯小姐也不在……！」

「真，笨。你喝太多了，才會，這樣。」

昨天中過法術，如今正抱頭喊疼的長槍手又一如往常被魔女制止了。

「喔，終於回來啦。真是的，只不過買樣裝備要花多久時間啊。」

支著臉頰的重戰士如此說道，面紅耳赤的女騎士則這麼回嘴：

「你、你很囉嗦耶！我也有許多需要考量的地方啊……」

彷彿在潑冷水般，一名半森人輕劍士此時自作主張地插嘴：

「好啦好啦，其實騎士小姐是為了參加祭典，而想稍微打扮一下喔。」

「咦，真的嗎!?哇，好棒喔。所以會穿禮服之類的囉？」

雙手捧著臉頰的少女巫術師(Druid)陶醉地說，相對於她，少年斥候(Scout)的態度卻有點冷淡。

「大姊姊要盛裝出席嗎……不過，原本不特別打扮就已經很漂亮了啊。」

「你、你在說什麼傻話!?」

「啊啊——吵死了，吵死了。喂，別嚷嚷行嗎？」

重戰士的小隊，正在熱烈討論關於祭典的話題，而在這群人隔壁——

新手戰士與見習聖女的二人組，表面上則一副興趣缺缺的樣子。

「欸，是說妳不是要收供奉？會穿那個嗎，我有點想看妳祭祀服的扮相。」

「……想吃我的巴掌嗎。」

「沒有啦，畢竟是祭典嘛。」

「……如、如果你真的那麼堅持，我、我稍微裝扮一下也是可以……」

「真的嗎!?太棒了！」

「等一下，不要那麼高調，人家會害羞啦。」

其他冒險者也都一樣。

不論是誰，都對即將到來的祭典期待萬分。

至於對這場祭典不表歡迎的傢伙──

「……也不是沒有嗎。」

在角落，有個採取蹲坐姿勢的冒險者與哥布林殺手目光交錯，後者在鐵盔下低喃道。

一件黑色外套就足以把身體包裹起來的矮小男子，用隱約帶有企圖的模樣環視這群冒險者。

這並不稀奇。如果缺乏野心還當什麼冒險者。

哥布林殺手將那傢伙的身影撇下，逕自緩緩邁步。

有太多事需要他去思考。相對於此，手上的線索卻少得可憐。

另外待辦的事項也還很多，好比……

「唔。」

「啊。」

迎面碰個正著的，是從入口外慌忙闖進來的女神官。

差點就撞上他的她，急忙調整好自己的姿勢，還用力壓住帽子。

「咦，啊、啊，哥布林殺手，先生。」

女神官不知在害羞什麼，臉頰在他注視下逐漸染上紅暈。

對她幾乎要冒出蒸氣的臉，哥布林殺手只是微微歪著頭。

「昨晚，有睡飽嗎。」

「有、有的。我很好，嗯。」

要說她形跡可疑的確沒錯，或許是過分緊張吧，女神官的眼神顯得游移不定。

哥布林殺手只是略略發出一聲「唔」。

「趁沒忘記先給妳。」

「呀！」

說完哥布林殺手就扔下錢袋，女神官怕掉在地上，趕忙用雙手接住。

她就像要抱住錢袋般湊向自己單薄的胸口，袋子發出了輕微的錢幣碰撞聲。

「昨天的分。」

「謝、謝謝你。」

只見她小心翼翼地將皮袋收進包包內……但還是一副難以保持平靜的模樣。

女神官偷偷摸摸將視線瞥向裡頭的工坊。

哥布林殺手先是保持緘默，過了一會才用淡然的口吻問：

「要買裝備？」

「咦，啊……」

他覺得自己猜對了。

女神官不只視線，就連脖子都轉了過去，在工坊與哥布林殺手之間來來去去。

到底有什麼令她如此在意，哥布林殺手不太明白。

「需要建議嗎？」

「不、」她從喉嚨擠出沙啞的聲音。「不、不必了。是，我沒問題的，嗯。」

「是嗎。」

哥布林殺手也沒有繼續追問，直接通過她身邊走了出去。

至少對他來說，這是極為正常的行動。

想看穿對方心底隱藏的一切祕密，對他而言是很奇怪的想法。

因此即便老翁的大笑聲從背後傳來，他也充耳不聞。

想必是那位少女很得他的歡心吧。

那樣並非什麼壞事——應該。

§

祭典的前夕，其實也是祭典的一部分——據說是這樣。

只要來到街上，就可以聽見揮動鎚子的聲響，組構木頭的聲響，升起旗幟的聲響，以及風吹過的聲響。

住在這邊境小鎮的人們，並不只限於冒險者而已。

店主將商店裝飾得五彩繽紛，年輕少女們則苦惱自己祭典的衣裳該如何穿搭而四處窺看。

在大道上來回奔跑的孩子們，現在一定是在盤算零用錢該怎麼花吧。

當然，他們稚拙的計畫在祭典攤位的玩具前，很輕易就被瓦解了……

路邊有某種切成奇形怪狀的蔬菜在陽光下晒乾，並等著之後被做成燈籠。

一旁則是貨車、馬車以較平日稍多的乘載量來來往往。

車上包括食物、衣著等商品，此外旅客也變多了。一旦祭典來臨，這是必然會發生的情況。

這一帶不過是常被怪物威脅、懼怕魔神，尚處於開拓階段的邊境罷了。

正因如此，更要趁祭典時熱熱鬧鬧地盛大慶祝、享樂，這也是人之常情。

「唔。」

哥布林殺手對上述所有事物僅僅瞥了一眼，默默走在路上，繞到公會後方。

他仰望與夏季相比，威力已減弱許多的日照。

儘管太陽已經升得很高了，但在吹拂過的涼風中和下，天氣就彷彿春日般舒適宜人。

從公會的廚房，飄散出炊煮料理的氣味。

仔細看街上的家家戶戶，也紛紛升起長而淡的炊煙。午餐時間到了。

——啊啊，剛才的小朋友是為了這個才奔跑嗎。

雖說也不全是出於這原因，但訓練場顯得空空蕩蕩。

接獲委託的冒險者已經出發，留下來的人不可能為了訓練而不吃午飯。

——好機會。

他輕輕點頭，並盡量靠到訓練場的角落，挑了一處樹蔭一屁股坐下來。

接著他放下圓鑵，並把吊掛東西的綁繩解開，迅速攤在地上。

木樁、木材、鐵絲、繩索等等。大多都是跟冒險無關的雜物。

哥布林殺手又從腰帶抽出自己的短劍，立刻展開作業。

首先以短劍使勁將木樁削尖，再把木材切出縫隙用力彎折，以繩索綁出奇妙的形狀。

這些作業應該要算精細的手工，但他的動作卻很粗魯，況且以製作道具而言成品也太粗糙了。

假使妖精弓手在場，她一定會因好奇心而搖著長耳朵提出質疑吧。

或是女神官在的話，鐵定也會怯生生又害羞地發問。

然而當他正埋首作業時，對他出聲的並非上述兩人。

「喔喔。」

「呵呵。」

回頭一望，有兩道興沖沖的聲音傳來。哥布林殺手微微揚起鐵盔。

身材像木桶的男子與另一名肌肉發達的壯漢。礦人道士和蜥蜴僧侶——原來是這兩位同伴。

兩人形狀成對比的影子，把原本就在樹蔭下的哥布林殺手又覆上一層。

「哎呀，小鬼殺手兄。今天又見面了，天氣真好啊。」

雖然在旁觀察以久，但蜥蜴僧侶毫無愧色，以奇妙的姿勢合掌道。

「明天的祭典，要是像今天這樣陽光普照就好了。」

「嗯。」

哥布林殺手並未停止手邊工作，只是點點頭。

「希望是好天氣。」

「誠然，誠然。」

在尾巴啪噠敲打地面的蜥蜴僧侶身旁，礦人道士撫摸下巴並蹲下身子。

「不過，看你做得很專心啊……這到底是什麼玩意？」

「以備不測的措施。」

對捻鬚打量自己手邊的礦人道士，哥布林殺手只是簡短回應。

大小各不同的木樁加上圓錐，搭配鐵絲跟木材組合而成的什麼。

「你是打算對抗吸血鬼嗎？」

「……？」哥布林殺手的鐵盔一歪。「為何這麼想。」

「提起吸血鬼，普遍都認為用白木樁可以消滅。」

「是這樣嗎。」

「好吧，至少你還聽過吸血鬼的名字。」

礦人道士半無奈地苦笑道。

說起吸血鬼，幾乎與龍齊名，可算是世上最知名的怪物之一。

當然關於亡者的知識大多都被隱匿起來，詳情只有魔法師與聖職者清楚。

但就連巨魔是啥都不曉得的傢伙也聽說過這點，就值得對吸血鬼大書特書了。

「沒興趣。」

回答一如預期簡短的哥布林殺手，再度喀哩喀哩地使勁削起木樁。

不過他突然「唔」一聲停下手邊工作，微微轉動脖子。

「我記得吸血鬼，會透過咬人增加同伴吧。」

「這點你也知道啊。」

「……如果對哥布林也管用，還是事先準備比較好。」

礦人道士忍不住爆笑出來，但哥布林殺手卻極為認真地看待此事。

「那麼——」蜥蜴僧侶好像在思索事情般，吐出舌頭舔了舔鼻尖。

「小鬼一死即成小鬼屍首。倘若還會動，與其說是小鬼，反而更接近食屍鬼一類吧。」

「首先，」礦人道士無法再憋笑地說道。「根本沒人想吸小鬼的血唄。」

「是嗎。」

不知是認同蜥蜴僧侶的答案還是礦人道士的回答，他垂直晃晃鐵盔表示同意。

隨後他再度展開作業，不知不覺就製造出一大堆木屑。

礦人道士用肥大的手指揮開木屑，順便將噴到鬍鬚上的也撿掉。

「所以是為了剿滅哥布林？」

「沒錯。」

「我就知道。」

儘管如此，聽者並未動怒，換成妖精弓手鐵定會對他這冷淡的態度激動到豎起長耳吧。

但他們已經認識半年了，對哥布林殺手的細微反應多少能掌握。礦人道士也沒有介意。

「既然這樣，要是能告訴我們詳情就好了啊。」

「不能確保會不會從哪傳進小鬼耳中。」

「說得也是。」蜥蜴僧侶緩緩搖著尾巴。「正所謂小心駛得萬年船。」

「嗯。」哥布林殺手點點頭。「他們雖笨，卻不傻」

哥布林只是懶得學習罷了，如果真要學，他們不但能打造道具，也會演練戰術。

眼前的礦人道士等人，之前才因哥布林們想嘗試「海戰」而感到棘手。

戰術要是洩漏出去就麻煩了——只不過，這傢伙未免也保密得太徹底了吧。

礦人道士與蜥蜴僧侶，兩人都是出身具備專家氣質的種族。

礦人鑽研鍛造與手工藝，蜥蜴人則對戰鬥與變強極為執著。

對他們來說，偏執與頑固甚至可算是某種美德。

「那麼，可否借用小鬼殺手兄身旁的位置？」

蜥蜴僧侶彬彬有禮地問，「無妨。」哥布林殺手則淡淡回答他。

「原本這地方就不是我的。」

「是啊，不過先打聲招呼才合乎禮儀嘛。」

說完礦人道士便攤開一塊大布代替地墊，一屁股坐在上頭。

蜥蜴僧侶也解開自己抱著的行李繫繩，迅速將東西攤開來。

乍看之下不知道他倆打算做什麼，但應該是某種手工藝的準備。

包括細而柔韌的竹籤，染成各種不同顏色的薄紙。此外還有油紙。

不經意把鐵盔轉過來的哥布林殺手，微微「唔」了聲。

「燈籠……不，是天燈嗎。」

「喔，真聰明啊，嚙切丸。」

礦人道士以熟練的手藝將材料組合起來並肯定道。

以有節的竹子削出來的竹籤既輕又細，但依然柔韌耐用。

而用這些打造出來的天燈也算是燈籠的一種，更是祭典的傳統象徵之一。

至於其構造則相當單純，就是在竹編的籠子外，用紙貼成傘狀蓋上去而已。

接著再將油紙放進籠內，予以點燃——

「會浮上天空，是吧。」

彷彿難以置信的模樣，蜥蜴僧侶左右慢慢搖晃他的長脖子。

「若未親眼見識實在無法想像。說實話，貧僧還滿期待的。」

「我的故鄉就有這玩意，這次也是為了讓長鱗片的開開眼界才刻意做幾個。」

「嗯。」

哥布林殺手透著日光檢查木樁的情況，一邊點頭。

「雖不知該怎麼說……但不壞。」

「既然如此，就更教人期待了。」

蜥蜴僧侶這麼說道，這位聖職者以彷彿在誇獎他人的動作，意味深長地搖著尾巴。

「因為小鬼殺手的話語值得信賴的緣故。」

「……是嗎。」

哥布林殺手輕輕應了一句，又拿起下一根木樁。

礦人道士並非無法理解他沉默的用意。

「來吧，來吧，咱們也趕快開始。」

咧嘴浮現笑容，礦人道士意氣昂揚地拿起材料。

「明天就是祭典了。不趁現在多做幾個可不行。」

「唔姆。那麼，懇請術師兄多加指導及鞭策。」

蜥蜴僧侶捲起長尾巴，在礦人道士身邊緩慢地坐下來。

話說回來，礦人道士的手指動作異常迅速。

那既粗又短的指頭，竟然能進行如此精細的作業。

他以名副其實宛如變魔術般的手法，將竹籠一一編織完成。

果然類似這樣的工作交給礦人，無人可出其右。就連森人都得刮目相看。

至於把這些編起來的竹籠貼上紙糊成的傘，就是蜥蜴僧侶的任務了。

他彆扭的動作是為了避免銳利的爪尖將紙弄破，但老實說看起來很笨拙，也很危險。

然而同時，他的作業方式也極度細心。可以看出他的人格。

「有時不禁令人好奇，這類習俗想必是有什麼由來吧。」

呼，蜥蜴僧侶擦了擦額頭，即使他根本不會流汗。

礦人道士則倏地用單手拿起酒瓶，灌了一口潤潤脣，喃喃應了句「天曉得」。

「我終究也是個外來客。雖說知道天燈，卻不明白明天祭典要使用的理由——」

「……其實很常見。」

哥布林殺手低聲說著。似乎感到意外，其餘兩人的視線都筆直對著他。

但哥布林殺手依舊逕自削著木樁，並沒有特別在意的樣子。

「引導善魂，放逐惡魂。充當迎接死者的路標。就跟蔬菜燈籠是同一類。」

「你很清楚嘛。」

「故鄉的——」哥布林殺手道，「附近的祭典。不可能沒聽說。」

「唔……貧僧卻難有共鳴吶。」

蜥蜴僧侶用爪尖喀哩喀哩地搔著自己的鼻尖。

對他們而言，死亡即是塵歸塵、土歸土，抑或化為食用者的血肉，在世上循環不息。

亡者之流並不會自黃泉歸來，多半是屍身淪為被惡靈附身用的空殼。

只不過——蜥蜴人僧侶的眼珠子滴溜溜地轉了轉。

「悼念死者不難理解。想像亡魂會返回故土，也是佳話一件。」

「……你說得對。」

哥布林殺手頷首。

「正是如此。」

哥布林殺手說完這句話，再度陷入沉默。

他的表情被鐵盔隱藏起來，絲毫不流露任何情感，只是繼續動手削木樁。

一旦堆積太多木屑，他會揮手掃開，一直削到木樁的尖端變利為止。

始終注視他作業的蜥蜴僧侶，突然「呼」一聲從顎部噴出一口氣。

「看來關於這次祭典，貧僧也得更加細心投入才行了。」

「呵，長鱗片的。你終於有幹勁啦。」

「當然，當然。貧僧所信仰的，乃血脈相連的父祖輩，令人畏懼的龍。換言之即是祖靈。」

自己的所作所為，可不能讓祖先蒙羞。原來如此啊——礦人點點頭，這道理並不難懂。

不過三個男人在訓練場的角落圍成一圈嘰嘰喳喳，不可能不引人注意。

午餐時間結束後，又有人回到訓練場。還有些人是剛從冒險歸來，所以到公會附近閒逛。

只要稍稍擦亮眼睛豎起耳朵，要察覺到這三人並不是什麼困難的事。

「啊——！礦人跟歐爾克博格在一起搞些什麼！」

何況上森人的感官又特別敏銳。

她清新凜然的聲音簡直像個小女孩般亢奮地響起，想也知道是妖精弓手來了。

她就像一陣疾風跑近，將雙手靠在膝上，彎腰探出身子。

礦人道士則視線朝上地白眼瞪她，一邊捻鬚以嘲笑的口吻說：

「妳是小孩子嗎。」

「真失禮，人家已經兩千歲啦。」

妖精弓手用短促的鼻息哼了一聲，好像在炫耀年紀般挺出平坦的胸部。

不過很快又恢復彎腰撐膝的動作，將頭湊到三人手邊。

「……所以，你們在做什麼？」

「結果妳竟然不知道啊，長耳朵。這玩意叫做天……」

「做木樁。」

「才不是咧。」

不理會傻眼的礦人道士，妖精弓手一轉眼就讓自己扁扁的臀部滑上了地墊。

蜥蜴僧侶則抬起沉重的身軀，稍微往旁邊挪開，讓出給她坐的空間。

只見妖精弓手一副興沖沖的模樣，長耳擺動，雙眼也閃閃發亮。她連珠砲般迅速丟出了好多疑問。

那是什麼、這是什麼、是幹麼用的道具、該怎麼用、為什麼要削木樁？

「為了剿滅哥布林。」

「我就知道。」

一下子就從三人手中掌握住主導權的她，簡直像是一陣旋風。

俗話說三個女生湊在一起，聲音勝過一百隻鴨子，不過這裡光她一個人就夠吵雜了。

「難道妳其實是圃人嗎。」礦人道士的厭惡溢於言表。

氣氛都已經熱鬧成這樣了，其他人理所當然也會聚集過來。

「喔喔，這不是哥布林殺手和幾位大叔嗎？」

「啊，真的耶。是在準備祭典？」

用過午餐的少年斥候與少女巫術師，還有新手戰士與見習聖女都來了。

仔細想想他們都還很年輕，或許還處於對什麼事物都感到很新奇的時期。

對加入重戰士小隊活動數年的少年斥候而言，每年的祭典都很令人期待吧。

「欸欸，大叔們在做些什麼呢？」

「唉呀，你不知道嗎!?這個叫作……」

「是天燈吧，我知道喔！」

少年斥候得意地挺起胸膛，被搶走解說機會的妖精弓手不悅地嘟起嘴脣。

「怎麼樣，要不要一起做做看？」

「貧僧其實也還不是很熟練吶。就邊教大家邊實作吧。」

礦人道士與蜥蜴僧侶隨即親切地鼓吹孩子們加入，招手讓他們一起圍成圓圈坐下。

至於妖精弓手大剌剌混進來也不會覺得不自然這點，不禁讓人懷疑她真的是上森人嗎。

「……」

哥布林殺手的鐵盔朝越來越熱鬧的周圍轉了一圈。

這個圓已經將自己團團圍住，這群人——冒險者們的臉龐都放鬆下來，對彼此相視而笑。

當然，圓圈的中心是正在製作天燈的那兩人。

即使沒有他，大家也會像這樣聚集在一起圍成一個圓吧。然而……

「唔。」

哥布林殺手依然默默不語，只動著他的小刀。

§

「咦，歐爾克博格，你還沒吃飯喔!?」

「嗯。」

秋天的夜晚來得很早。

短暫造訪的夕照不多時便悄然離去，天空就像染上一層淡墨般在夜空掛起了星斗與雙月。

撇開三三兩兩踏上歸途的友人們，留在原地的理論上應該只有哥布林殺手一個……

「你這樣子不行啦……啊，該不會是沒錢之類的？」

「不。」

「我請你！」

「不──」

「肚子餓的時候被哥布林偷襲怎麼辦？能打仗嗎？」

「……唔。」

「好，那就決定囉！」

被不由分說的妖精弓手逮住，他在出乎意料的狀態下被帶進某間酒館。

大多數酒館都兼具住宿服務，所以擠滿嘈雜的旅客也是很正常的。

妖精弓手隨便選中的酒館，更是一下子湧出了驚人的喧囂與人群熱氣。

混進塞滿座位的熱情酒客中，酒肉的誘人香味不經意飄了過來。

「嗯、嗯──」妖精弓手光是這樣就開心地瞇起眼，一雙長耳搖來搖去。

「我以為妳不習慣飲酒吃肉。」

「話是這樣沒錯。」她輕輕閉起一隻眼。「不過我喜歡熱鬧的氣氛唷？」

「是嗎。」

「就是那樣……啊，兩位喔！」

妖精弓手朝氣蓬勃地對接待的女服務生豎起兩根手指。

他們被身著暴露制服、搖著屁股的女服務生帶到了距離店中央有點遠的外側圓桌。

哥布林殺手先把東西立在一旁放好才就座，陳舊的木椅承受壓力，發出嘰的聲響。

相對地，妖精弓手則表現出森人特有的輕巧動作，讓人完全感覺不到體重。

「……我從以前就一直在想這件事。」

妖精弓手的白皙纖細指尖，倏地指向哥布林殺手。

「至少吃飯的時候，可以把那個拿下來吧？」

「不行。」

被她指著的鐵盔，緩緩地左右搖晃。

「哥布林來了怎麼辦。」

「這裡可是大街上耶？」

「街上也會有哥布林。」

妖精弓手儘管有些厭煩，但還是說了句「你這個人就是這樣」並無奈地笑了笑。

不過，她的建議也不是無法理解。

畢竟——哥布林殺手這身異常的裝扮，實在太過顯眼。

即便是在一群冒險者之中也能一眼認出來，他的裝備就是如此奇特。

髒汙的皮甲，廉價的鐵盔，不長不短的劍，以及套在手臂上的小圓盾。

幸好平日就全副武裝的冒險者，在這個鎮上不算少數。可是話說回來……

「那傢伙是啥……冒險者？」

「我還以為是不死族……」

「嗚哇，他在看這邊——」

「應該是你多心了吧……？」

這間酒館並非冒險者專用。在以旅客為主的人群當中，他的模樣明顯截然不同。

其他看似冒險者的客人，真要說起來只有在店內角落不起眼之處的一人、不，兩人而已。

其中一人很高大，另一人則是一眼就知道是圃人的矮個子。

明明是魔法師，卻身穿毫不露出半點肌膚的大外套，在冒險者當中並不稀奇。

或許是在討論冒險的事吧，儘管聽不到說話聲卻呈現一副熱烈議論的姿態。

妖精弓手雖有些訝異地搖著長耳朵，最後好像也失去了興趣。

「所以，」她把一時轉過去的視線又切回來，盯著眼前的鐵盔。「你打算怎麼辦？」

「什麼事。」

「明天，祭典。我聽說囉。」

妖精弓手臉上浮現不懷好意的笑容，好像在捉弄人般以指尖對著鐵盔。

「你上午要跟牧場的女孩一起玩吧？然後下午是跟櫃檯小姐。」

「不是玩。」

哥布林殺手以極為冷酷的口吻回答。

隨後他的視線穿過頭盔，盯著妖精弓手。

看起來簡直就像在瞪人，但他的表情因為臉被擋住所以無從判斷。

「耳朵真靈啊。」

「當然，我是森人嘛。」

妖精弓手輕輕搖了搖長耳，咧嘴露出貓咪般的笑容。

「下午那場對方好像已經早有安排，所以我沒辦法多嘴什麼。」

「唔。」

「但難得有這機會，你上午準備了什麼計畫嗎？我只是想知道。」

「是嗎。」

「就是這樣。」

「……沒有。」

哥布林殺手慢慢左右搖晃鐵盔，彷彿呻吟般擠出這兩個字。

「完全沒想過。」

「真讓人傻眼耶。」

妖精弓手瞪大眼，彷彿在忍受頭痛般壓著自己的眉心，接著放棄似的嘆了口氣。

「……哎，不過，如果要說這就是歐爾克博格的作風，那也一點都沒錯吧。」

妖精弓手彷彿覺得很有趣似的迅速變換表情，一對長耳還不時上下顫動。

「總之，先帶她去喜歡的地方如何？」

「喜歡的地方……」

「對，那女孩喜歡的地點或喜歡的東西之類的……你們不是認識很久了嗎？」

這回哥布林殺手的鐵盔縱向動了一下。既然如此就好，妖精弓手也點頭回應。

「還有，嚴禁使用只有『是嗎』、『對』、『是這樣嗎？』『嗯』、『不』的對話。」

「唔……」

不理會嘴裡發出碎念聲的哥布林殺手，妖精弓手的意識已飄向了牆上所貼的價目表。

「點什麼好呢——」她咕噥道，就算不看她搖動的長耳，她的好心情也一目了然。

看來昨天的報酬還好端端地收在懷裡，放著不管大概一下子又會花個精光了吧。

「歐爾克博格，你有什麼想吃的東西嗎？」

「都好。」哥布林殺手靜靜地說道。「是妳付錢，點妳喜歡的。」

「……不知道你那樣算不算是在體貼我。真難判斷耶，老實說。」

「生性如此。」

「早就知道啦。」

妖精弓手支著臉頰嘆氣，不過那也只維持了一瞬間。

「不好意思──」只見她舉起手呼喚女服務生，指了價目表上的好幾樣餐點。以蔬菜沙拉跟其他食物為首，聽說有上等葡萄酒時，她也毫不猶豫地回應「那個也要！」

「喝醉的話不送妳喔。」

「唔」她好像很出乎意料般震動長耳。「還沒喝就以為我會醉倒這點很讓人不爽耶。」

「不會嗎。」

「那只是偶爾而已啦，偶──爾──而──已！」

對嗤之以鼻表達不服氣的她，哥布林殺手只是用斬釘截鐵的語調繼續說。

「我待會還有事。」

「哼……」

她似乎不感興趣地把臉別開。

在摩肩擦踵的嘈雜店內，女服務生們互相閃避、交錯身軀的動作簡直就像在掠過陷阱。

她的眼眸原本盯著被服務生端著的料理熱氣，但最後還是順勢轉向了哥布林殺手。

「……需要，幫忙嗎？」

「不。」

哥布林殺手搖搖頭，過了一會，經過思索後再度開口。

「……還不用。」

「……是嗎。」

接著他們便陷入沉默，直到料理上桌前都無話可說。

默默不語的兩名冒險者，看在其他客人眼裡只不過是怪異的背景之一罷了。

冒著蒸氣的湯，是將雜糧加上奶油煮成甜味的一道料理。

把烤得又焦又硬的黑麵包浸下去，吸收湯汁後就會變軟而容易入口。

分量飽滿的乳酪鹹味很重，搭上湯真是絕配，老實說好吃極了。

「那傢伙應該會很喜歡吧」妖精弓手笑道，哥布林殺手也回了句「的確」。

「礦人一定不行，只會抱怨我們酒量差。絕對是這樣。」

「火酒嗎。」

哥布林殺手讓杯中的液體流進鐵盔縫隙，嚥下一口葡萄酒。

「那個拿來讓人甦醒或當燃料都不錯。還能消毒。」

「歐爾克博格雖然不是在反諷，但也覺得那根本不能喝吧～」

呵呵呵——妖精弓手的笑聲，宛若搖晃的銀鈴。

「話說回來……喂，歐爾克博格。」

把料理的盤子推開，妖精弓手倏地探出身子把臉湊過來。

她的表情很愉快，但聲音卻壓得低低的。

「什麼。」

「你知道那女孩今天去工坊買東西吧？」

「嗯。」

妖精弓手稱的「那女孩」，除了女神官不作他想。

哥布林殺手點點頭。

「那麼，你覺得她的裝備怎麼樣？」

「不。」

他接著又搖搖頭。

在少許酒精帶來微醺的腦內，她回憶起白天女神官的模樣。

哥布林殺手把茶壺的水倒入杯中，又喝了口水休息一下。

「我沒過問。」

「哎呀。」

妖精弓手用力眨了眨眼，邊玩杯子邊喃喃說了句「真意外呢」。

「哼嗯……那我要不要保持沉默比較好呢？還是你想知道？」

「妳想說我就聽。」

「我是很想告訴你啦。不過，那女孩沒有對你提起嗎？」

「嗯。」

「既然這樣，我還是別說好了。」

妖精弓手刻意眨了眨一隻眼。

這並非森人的動作，是她來小鎮後才學會的吧。

當下的她簡直比凡人還像凡人，暢快地呵呵笑著。

「我猜，那樣子應該會比較有趣。」

「是嗎。」

「就是呀。」

哥布林殺手再一次「是嗎」地點點頭，並朝自己的雜物袋裡翻找。

他拿出裝了報酬的皮袋，鬆開袋口把手伸進去。

「趁記得先給妳。」

啪哩、啪哩、啪哩——他發出聲音地在桌上將三枚金幣並排。

妖精弓手原先散漫的眼眸頓時聚焦起來，死命瞪著他。

「我剛才不是說過要請客嗎？」

「遲早。」

哥布林殺手突然吐出這句話。

他以連自己似乎都不太相信這件事的口吻，說道：

「……遲早，會拜託妳幫忙……或許。」

「所以先付訂金？」

「對。」

「……哼嗯。」

——大概是喝醉了吧。

不管是歐爾克博格，還是她自己。

——不過，這樣也罷，嗯。好吧。

「我才不要。」

「……是嗎。」

哥布林殺手淡淡地頷首。

妖精弓手直挺挺伸出白皙的手指，輕巧地在空中畫了一個圓。

「取而代之，我要一次冒險！」

「……唔。」

之前不是說過了嗎？這位上森人的冒險者，說完便在嘴邊傾倒葡萄酒杯。

「……啊，當然是**除了哥布林以外**的喔！」

「……」

哥布林殺手陷入沉默了。

到底該怎麼回答才好，他想必也沒頭緒。

妖精弓手則毅力十足地等待他的回覆。

原本森人就很擅長等待，只見她一副等上十年也不在乎的樣子。

「我明白了……那麼，麻煩妳。」

「很好。」

才剛取得承諾，妖精弓手的臉頰就整個笑開。

她像貓咪般瞇起眼，喉嚨深處發出銀鈴似的清脆笑聲。

「既然這樣，我們趕快吃一吃吧。東西冷掉就不好吃了。」

「嗯。」

享用美食途中，哥布林殺手的視線驀然掃過店內一角。

不知何時，剛才那兩名冒險者似乎已離去。

哥布林殺手不太痛快似的用鼻子「哼」了一聲，將麵包撕碎。

「對了。」

「什麼？」

「妳知道金木樨的花語嗎。」

儘管每道菜都是妖精弓手的喜好，但哥布林殺手也沒什麼好挑剔。

隨後他把妖精弓手送到酒館二樓並付了住宿費，說明餐費記在她帳上，便走出店外。

§

該做的事總是非常明確。

時常思考、預測、警戒、研擬對策、付諸實行。

至於此時此刻哥布林殺手該採取的行動，就是挖洞。

夜晚——雙月已高高升起，正是冷冽的星斗閃閃發光、遍布整面天幕的時刻。

他獨自一人、默默地揮動圓鍬不停挖洞。

冰冷的夜風，把他微微發熱的身體裡的酒意全驅散了。

穿過大門來到小鎮外，他甚至遠離馬路進入了獸徑。

儘管是曠野，但也不像一望無際的草原那樣全都是平坦的場所。

當中有丘陵、茂林、草叢，一旦離開馬路就是一片未開拓的土地。

恐怕就是因為人類不會通過這，他才選擇在此處挖洞吧。

洞深約有一個人的高度。不過並非礦人或圃人，而是凡人的身高。

洞底埋入整排削得細而銳利的木樁，洞口則用挖掘前剷除的地表掩蓋住。

拉了塊布支撐的洞口表面，乍看絕不會讓人對底下起疑心。

重複好幾遍類似的作業後，他在這一帶撒下許多顏色鮮豔的小石頭。

「那麼……」

問題在大量的廢土。

哥布林會拿去補強洞窟的牆壁等等所以不成問題，但他可沒辦法那樣做。

冒險者一方要進行類似的土木工程，會遭遇許多棘手的難處。

哥布林殺手把多餘的土一一裝進事先準備好的麻布袋。

變成了沙包。

他把袋口綁緊，將裝滿的沙包一肩扛一個，一次搬走兩個。

搬到離地洞有點距離的草叢中藏起來，排成半圓形，堆積得很牢固。

這玩意究竟能不能派上用場，哥布林殺手也不敢肯定。

不過，事先做好萬全準備總是有益無害。

那種多一事不如省一事的想法，在哥布林殺手身上並不存在。

他將沙包毫無空隙地緊密堆在一起，最後還用圓鍬拍了幾下，使其更牢固。

「……唔。」

終於，他滿意地點點頭。

總之挖洞的工作到這裡就行了。**其他地點**都已結束，這裡是最後一處。

接下來只需要使用尚未組合起來的木樁、繩索與木材製造陷阱，但能設置的場所卻不多。

包括移動過去的時間在內……

哥布林殺手仰望天空，透過雙月的傾斜角度，推測剩下的時間。

即便秋冬的黑夜長而黎明晚，他也不認為自己可以慢慢來。

哥布林殺手迅速從自己的行李當中，取出被繩索穿過的幾片木板。

將木板布置在茂密的樹叢裡，處理過幾項細部的作業後，他終於站起身。

「得快點。」

哥布林殺手把行李之類的東西扛在肩上，在月下宛如一道黑影般奔跑起來。

他穿越草叢，自矗立的樹木縫隙間鑽過——就在這時。

「喂，你在那邊做什麼！」

簡直就像揮刀砍來的尖銳喊聲冷不防襲來，哥布林殺手頓時停止。

沙——他腳底下的植被發出聲響，裝備也發出鏗鏘的撞擊音。

哥布林殺手「唔」地咕噥一聲，卻沒有把手搭在腰際的劍上。

沒有一隻哥布林能流暢地說出共通語。

「誰？」

他急促地問，樹叢彷彿在回應他般窸窣搖晃著。

現身的是位全身被外套包裹，個子修長挺拔的人物。

從外套下襬可以窺見穿了很久的靴子，鞋尖經過補強。由此可知對方也是個冒險者。

然而哥布林殺手的問題並未獲得回答，尖銳的說話聲再度傳來。

「該問問題的人是我才對，你這傢伙。」

從對方的聲調判斷，哥布林殺手喃喃說了句「女的嗎」。

「……我再問一次。你到底是誰？」

在夜色下也顯得很鮮明的白色閃光，間不容髮地閃過空中。

「哥布林殺手。」

對緊緊抵住自己咽喉的刀刃，他若無其事地用手指推開。

彷彿嫌麻煩似的，他以強忍哈欠般的口氣回答。

長劍——單刃——老手。

速度快到讓自己無法反應是事實，但自己並不想行動也是事實。

問對方身分同時殺死對方，根本一點意義也沒有。

不論是否能從對方身上感受到殺氣，這種簡單的邏輯並不難懂。

在外套底下，那名女子愕然地瞇起眼。

「殺小鬼……的傢伙……？」

「對。」

「……聽起來像個瘋子呢。」

「是嗎。」

從哥布林殺手脖子旁被推開的刀刃，像是在往下滑般開始尋找。

劍尖勾到一個玩意後被女子拉起，原來是繫有鍊子的銀色小板子。

「銀製的識別牌……銀等級的冒險者嗎。」

「似乎是這樣。」

哥布林殺手點點頭。

「公會認定我是。」

「……原來如此。」

劍如旋風般快速離去，發出鏘一聲收進劍鞘。

女子就連收劍的動作都毫無破綻，以冒險者而言等級相當高。

至少銅等級以上無庸置疑，哥布林殺手如此推測。

「看來是我太急躁了，抱歉。」

「不，沒事。」

「畢竟我以為你是亡者還什麼的……」

女子謝罪的口氣很過意不去，態度也變得柔和了幾分。

哥布林殺手緩緩搖了搖頭，這點小事並不值得放在心上。

問題在於……

「拜託，妳這樣不行啦——」

就在這時，背後響起了簡直就像黎明升起般極度開朗的聲音。

「每次都愛鑽牛角尖。我剛剛有阻止過她了唷？」

「不過，很可疑也是事實。」

第二個說話聲則冷若冰霜——又出現了兩個新來的傢伙。

沙沙，他感覺到樹叢在搖晃，穿外套且個子嬌小的冒險者相繼現身了。

其中一人矮小到會被誤以為是圃人，腰間卻掛著打造得十分氣派的劍。

想必是凡人吧。以圃人肌力所能練就的範疇，應該揮不動那把武器。

另一人則手持巨大法杖，身法明顯比其他兩人遲鈍。很明顯是施法者之類的角色。

此外，三人的聲音聽起來都像女的。

戰士兩名，術師一名，由三位女性組成的小隊。

現今女性冒險者並不稀奇，但只有女性組成的小隊倒也還算罕見。

「所以，你在做什麼呢？應該說我也很想知道。」

提出問題的，是那名個子嬌小的劍士。

哥布林殺手還來不及說，她就輕飄飄地走了過來。

跟她隨意發問的口氣很類似，她走向自己的步調也宛如在散步一般。

「唔……」哥布林殺手咕噥著，稍微想了想才說出答案。

「巡邏。」

「巡邏？哼嗯……」

她蹦蹦跳跳地在哥布林殺手身邊打轉，接著訝然地說。

「好奇怪的裝備喔……」

「是嗎。」

「啊，抱歉。我不是在嘲笑你喔，只是覺得很有趣。」

被兜帽遮住還能浮現出滿臉笑容，由此可知對方有多麼開朗。

然而即便對方如此解釋，哥布林殺手還是不知該回她什麼。

不論髒汙的皮甲、廉價的鐵盔或劍盾，他都不明白到底是哪裡有趣。

因此在少女觀察哥布林殺手的同時，他也在觀察對方。

她並非在這一帶出沒的冒險者。此外至少可以確定不是哥布林。

「……我想，應該和他無關。」

終於，那位拿法杖的冒險者以冰冷的語調低聲說。

「能明顯可疑到這種地步的，反而就不是了。」

「確實……如此。把臉跟全身都包起來，是的話未免太刻意了吧。」

回應者是最先現身的女子。

腰佩長劍的她，以莫名自傲的口吻續道：

「能耐跟我有不小的差距。我想應該不成問題。」

「真的嗎？既然妳們兩人都這麼說了，就當作是這樣囉。」

原本微微歪頭聽同伴對話的少女，此時啪一聲在面前合掌。

「對不起唷，這位大哥。打擾你了。」

「不。」

哥布林殺手慢慢搖著頭，把懷抱的行李放在地上。

「來看祭典的嗎。」

「嗯？哎，應該算……吧。再往那邊過去就到了？」

「嗯。」哥布林殺手點點頭。「前面就是舉辦收穫祭的小鎮。」

稍微想了一會，他又補上一句「若要住宿，早點去比較好」。

「哇，糟糕。是嗎是嗎，畢竟已經這麼晚了嘛。快點走吧。」

抱歉囉，少女又拋下這句，便踏著輕盈的腳步跑走了。

眼睜睜看著她的背影漸行漸遠，剩下兩人也慌忙整裝。

「啊啊真是的，那傢伙每次都……那麼先告辭了。不好意思造成你的困擾。」

「失禮了。」

剩下兩人的身影就像緊追先走的少女般，跟著飛奔出去。

被單獨留下的哥布林殺手，低沉地「唔」了一聲。

剛才那位嬌小的劍士少女所佇立的地面上，散落著小石子。

如果他的記憶無誤，那是自己不久前挖洞並隱藏起來的位置。

體術、步法、魔法，或者純粹仰賴天運——究竟是何者造成的，他並不清楚。

真要說最可疑的，就是她們為何不走馬路要走獸徑，完全無法理解。

「……」

由於再怎麼思考也無濟於事，哥布林殺手迅速將疑惑拋下。

十之八九，是從其他地方趕來參加祭典的冒險者吧。

此外她們不是哥布林。光這點就夠了。

只不過，自己原先打算盡量找人類不會通過的地方……

「……設置地點要更仔細考量。」

待辦的事項還堆積如山。

而他該做的事，永遠都是非常明確的。

# 間章

# 「煩惱今年供奉的故事」

叩叩——羽毛筆在蠟燭的照明下敲打著羊皮紙的角落。

雖然只是名譽職，但背負重責大任這點還是讓她不得不感嘆自己的能力不足。

就連問她在神殿外學到多少東西，她也未必能立即回答出來。

何況是要書寫供奉神的禱詞，更加令她覺得自己到底何德何能。

望向掛在寢室深處那套剛收到的衣裳，她嘆了口氣。

儘管每年看到時心裡都很憧憬，卻沒想過哪天會真的輪到自己。

——到底該對神說些什麼才好？

那跟平日的祈禱一定不同吧。不，真要說起來，祈禱究竟為何物？

「如果是那個人的話，會說什麼呢？」

驀然想到這，面無表情的鐵盔不禁浮現在腦海，令她微微一笑。

——把所見所聞傳達出去吧。除此之外，也沒有自己能做的了。

Goblin Slayer

He does not let anyone roll the dice.

「……好。」

加油吧。決定好之後，筆尖便在羊皮紙上書寫起文字。

儘管字跡拙劣，但那毫無疑問，是她自身想法的呈現。

# 第3章 『夢想的收穫祭』

砰、砰——伴隨著嚇人的爆炸聲，五顏六色的煙霧在早朝的天空迸散消失。

這是受聘而來的魔法師在展示煙火之術吧。鮮豔的顏色正好可以證明其技術高超。

小鎮一大早就熱鬧起來，性急的樂團已開始滴滴答答地演奏起音樂。

這嘈雜的音色也傳到了和鎮上有段距離的牧場，搔著牧牛妹的耳朵。

大晴天，大晴天，祭典，祭典，收穫祭，秋天的祭典。

她內心亢奮，胸中怦然跳著，情緒來到了最高點，根本沒辦法好好坐下來等待！

「嗚——啊——嗚……！」

坐立難安——話雖如此。

牧牛妹會穿著內衣在自己的房間呻吟，當然是有理由的。

Goblin Slayer
He does not let anyone roll the dice.

她小小的衣櫥敞開著，從地板到臥榻都被散亂的衣物鋪滿。

在幾無立足之地的房間正中央，她向前彎著身子。

剛才把自己的頭髮搔得一團亂，明明好不容易才整理好的，之後又得重梳一遍了。

不過那些只是小問題。

原本就不怎麼化妝的她，只要把頭髮大致整理好，抹上脂粉塗點腮紅，這樣就很夠了。

所以真正的問題在於——……

「我不知道究竟該穿哪一套才好啊……！」

這才是致命傷。

連身裙好嗎？還是不要那麼時髦比較好？或者故意大膽一點？

「總不能穿工作服去吧……不，也許可以？保持自然搞不好才是正解？」

啊啊，可是，嗯，一定不會錯。

「**另一邊**鐵定還是平時那副模樣啊……！」

髒汙的皮甲搭配廉價鐵盔，不長不短的劍，以及套在手臂上的小圓盾。

日常打扮（？）的他身旁站著日常打扮的自己，兩個人就這麼去祭典玩。這樣可以嗎？真的可以嗎！

她忍不住抱頭苦惱起來，同時把才剛抓起來的工作服扔進落選的籃子裡。再見了工作服。

剩下的，就是自己偶爾休假時慢慢買齊的幾套服裝。

但這些不論哪套都脫離不了日常穿著的範圍。沒有任何一件是可以在重要場合派上用場的。

她對自己平日的經驗值累積不足感到悲哀。穿搭的等級太低了。

但現在才痛心後悔也無濟於事，自己平常就該多注重打扮一點才對。

「內衣……呃，內衣應該不要緊，對吧？」

對。嗯。不要緊。一定沒差。

——比起內衣先選好外衣再說吧，我在混亂什麼！

啊啊可是這種看不見的部分其實才是重點她之前好像在哪裡偶然聽過。

唔哇啊——她忍不住尖叫一聲，不是這件也不是那件啦，她拿起一件衣服扔出去接著拿起另一件衣服又扔出去。

剛才扔出去的那件搞不好比較棒，於是她撿回來攤開對著自己的胸前比了比，但果然又被她扔了出去。

跟他之間的約定是到上午結束為止。像這樣猶豫不決寶貴的時間就一分一秒流失了。

這股焦躁感占據了她整個腦袋，甚至舅舅敲門的聲音也沒察覺。

「……啊啊，雖然抱歉，但妳現在有空嗎？」

「咦？啊、哇，咦，啊、等等，爸……不對！舅舅!?」

咚──！從臥榻上跳起來的她慌忙用睡衣套上只穿內衣的身體。

接著她回頭一看──房門還沒有被打開。她用手按住上下劇烈起伏的豐滿胸部。

「有、有空啊。請進吧！」

「好，打擾了……呃，等等，這是怎麼回事？」

打開門進來的舅舅，會忍不住嘆氣也是很正常的。

她羞愧極了，毫無半點藉口，只能從房間的慘狀別開視線。

「妳翻出了這麼多東西啊。」

「啊、啊哈哈哈……」

對表情無奈的舅舅，她說了句「真不好意思」並搔搔臉頰。

「……之後要收拾乾淨喔。」舅舅念了一句。牧牛妹感覺快丟臉死了。

「也罷，該怎麼說……今天剛好有這個機會，我覺得很適合拿給妳。」

「？給我什麼？」

在微微歪著腦袋的她面前，一件令人眼睛一亮的青色洋裝被遞了出來。染色鮮豔的布料上，還妝點著刺繡與蕾絲。

舅舅露出難以言喻的表情，彷彿很懷念地瞇起眼。

「這是我妹妹……也就是妳的母親，大約和妳一樣年紀時穿的。」

「哇、啊……」

牧牛妹覺得美極了。她接過後攤開，在自己的身體前比了比。真希望有面穿衣鏡。

「我穿得下嗎……穿起來會好看嗎？」

「放心吧。」舅舅點點頭。「妳母親頭髮比較長，但其他部分和妳根本是一個模子刻出來的。」

「唔，嗯……嗯！我知道了，我要試穿。」

——原來這是媽媽以前穿過的衣服。原來我和媽媽很像嗎！

一想到這她就再也按捺不住，緊緊地把洋裝擁入懷中。

「別這樣，會皺掉的。」

「啊，對，沒錯。好險好險……不過，欸嘿嘿嘿。」

差點被豐滿的胸部壓出痕跡前，舅舅提醒道，她趕忙把衣服攤開避免弄皺。

「謝謝你，舅舅！」

舅舅先是眨眨眼，仰望天花板數秒鐘後才搖頭。

「……啊啊，沒什麼好謝的。」

接著他那岩石般的臉孔微微放鬆下來。

「這套衣服，原本就屬於妳母親。所以也算是妳的東西。好好愛惜它吧。」

「嗯，我會很珍惜的……！」

舅舅說了句可別因為太興奮而跌倒喔，隨後就閉門離去了。「知道了！」她用力回答道。

迫不及待將披在身上的睡衣褪去扔開，她穿上了母親的洋裝。

輕盈垂散的裙子，讓平常習慣工作服的她有點難以保持平靜。

而這種緊張的情緒更讓她意識到此刻和平常不同，胸口不禁小鹿亂撞。

之後，她又輕輕戴上一頂腦後附有大緞帶的寬邊帽。

——嗯，很好！

轉了一個圈，親眼檢視各部位。要是有鏡子就好了，但她不敢奢望那麼多。

到頭來唯一的難題在於，自己的鞋子並沒有那麼時髦……

——這可稱得上是少女的全副武裝了吧！

「好極了，出發！」

喀嚓一聲打開門走出臥室，飯廳裡只有舅舅的身影。

舅舅正從廚房拿出牛奶，不知道在進行什麼作業。

「舅舅這樣好嗎，不也去祭典稍微放鬆一下……？」

「我早就過了那個年紀了。還是用那個叫艾思克林的玩意賺點錢吧。」

把那種冰涼點心的做法帶回來的是哥布林殺手。念出這個名稱時，舅舅的臉色有點難看。

「話說回來，妳自己才該多玩一點，就算玩一整天也可以喔？」

「啊啊，沒關係啦。舅舅如果也出門的話，沒人留在牧場有點危險。」

她用力揮揮手，舅舅應了句「是嗎」就閉口不語了。

儘管那欲言又止的表情讓她有點在意……

「我要出門了！」

「好，妳去吧。路上小心啊。」

時間快不夠了。牧牛妹朝氣蓬勃地道別後，就以小跑步的方式打開門衝到屋外。

天空一碧如洗，瀰漫著煙火留下的煙霧，陽光自秋天的山丘後方灑落，風則「唰」一聲吹拂而過。

而一如往常結束巡邏工作的他，就佇立在陽光下。

正如她的預想，他還是平時那副模樣。髒汙的皮甲，廉價的鐵盔，不長不短的劍，套在手上的圓盾。

嗯，不過啊。即便如此。

——今天的我，可是截然不同。

「嗨，讓你久等了！」

「不。」

她盡量裝得一派平靜，輕輕舉起一隻手打招呼。

跟以前一樣淡淡回答的他，好似在稍微思索般歪著頭，又補上一句：

「沒有等很久。」

「是嗎。」

「對。」

「那，我們出發！」

「嗯。」

他點點頭，率先大跨步走在前頭。

但牧牛妹卻一個轉圈繞到他面前，牽起他用皮護手包裹住的手。

「唔……」

「那個，等下一定會很擠吧。如果被人群沖散了，不是很討厭嗎？」

這藉口未免太遜了，連牧牛妹自己都這麼覺得。不過至少聲音沒有忍不住尖起來。

反正他戴著護手，也感覺不到自己手掌上的脈搏——……

也不知是否明白她的心意，他擺出一副不可思議的模樣問道。

「等進到人多的街上再說。」

「先、先預演一下嘛。」

躲開對方的視線，牧牛妹用空著的手搔搔臉頰。

她全身發燙，就連接觸對方的指尖都能傳達出熱度。自己想必是滿臉通紅吧。

「比起待會突然牽手，先適應一下不是比較好？」

為了避免被對方察覺，她用力把帽子重新戴正。接著又不動聲色把他的手再度抓好。

「因為……你看，我不就很不習慣嗎。」

「是嗎。」

他輕輕頷首。

「所以這很重要吧。」

牧牛妹也嗯地點點頭後，保持抓住他手的姿勢——兩人手牽手走了起來。

「……欸，欸。」

「什麼。」

「呃，你看。」

牧牛妹面向前方，將自己忍不住想問的事說了出來。

「這件衣服——你覺得，怎麼樣？」

「……」

一如往常的路途。一如往常的風景。

一如往常的他。不同以往的自己。手牽著手。

一如往常他陷入了沉默，思索著，然後——

「很適合妳，我覺得。」

光是這句話，就令她的腳步飄飄然。

「……欸嘿嘿。」

牧牛妹覺得自己的心情就好像快飛上天了。

§

聲音的洪水襲來。

喇叭被吹響，大鼓被敲響，笛子被奏響，腳步聲被踩響，還有笑聲混雜在其中。

攤販老闆扯開嗓門，街頭藝人也叫喊著表演的臺詞，來來往往的遊客發出宛若海浪的聲響。

在通過大門前就已經察覺到了，可一旦來到鎮上，才能體會今天的熱鬧程度真是不同凡響。

「雖然每年都這樣──」

緊揪住護手的她，亢奮地羞紅著臉，轉頭望向他。

「但果然還是很驚人呢。」

「嗯。」

他晃了晃鐵盔回應道。

就連裝扮怪異的他，在今天這場祭典當中也變得完全不顯眼。

畢竟仔細看，到處都有小丑在跳舞，或是馬路旁正上演起即興劇。

最近連在街上也不解除武裝的冒險者很多，而這類旅客今天也大量湧了進來。

不如說視線集中的方向，是在她那邊。

清純的女孩，牽著一名頭戴髒汙鐵盔的冒險者。

一道道好奇的目光射過來，又一一別開。

——大家是怎麼看我們兩個呢？

她稍微在腦海裡想像了一番，感到十分雀躍。

微服出巡的大小姐，以及她的護衛……？

——不，說什麼大小姐有點太誇張了吧？

自己是經營牧場而擁有廣大土地的地主姪女——養女。

他則是在本地赫赫有名，老手中的第三階——銀等級冒險者。

當然自己根本不是什麼當大小姐的料，牧牛妹老早就知道了……不過。

「……搞不好也不能算錯？」

「哪方面。」

她竊笑著並仰望那頂愕然的鐵盔，隨即按著帽子打圓場似的轉變話題：

「首先要請你帶我去逛哪兒好呢——我說說的啦。」

「唔。」

陷入思索的他，無言地仰望天空。

停在大馬路上的兩人，就像河中的沙洲一樣被留下來，人群的河水繼續從兩旁流過。

反正也不至於擋到其他人的路，因此她還是一臉笑咪咪地等待他的回應。

終於，他像是臨時想到似的喃喃說道：

「還沒吃早飯。」

「啊。」

她趕忙掩住嘴。

對喔。

自己一大早意識就飛向了穿著打扮與其他問題，根本忘了這回事。

驚覺不妙的牧牛妹不由得按住眼睛，站在一旁的他則盯著她瞧。

「找攤販填個肚子吧。」

「……嗯。就這麼辦。」

她率直同意他的提議。

至於對舅舅感到過意不去，就等祭典結束以後再補償了。

首先專心面對眼前的他，好好跟他賠個不是。

「……對不起。不知道為什麼會這樣，我忘得一乾二淨了。」

他緩緩搖著頭。接著過了一會，才附加上去似的低聲說：

「不。」

「偶爾也會有這種事。」

煩惱該吃些什麼而盯著攤販看的時光也很愉快，不過還是空腹比較難忍。

結果兩人在小吃攤買了遲到的早餐，價位雖不算低，東西本身卻很簡單。

只是把厚切的炙燒培根，加在蒸熟的芋頭上一起吃。

一句話總結感想——還真美味。

「啊，」她面露微笑。「這個，是我們牧場的培根。」

「是嗎。」他應道，把食物從鐵盔的縫隙塞進去。「原來如此。」

咬下一口有鹹味且吸收了培根脂肪的芋頭，光是這樣，美妙的滋味就在嘴裡擴散開來。

為了避免舌頭被燙傷，她一邊吹氣，一邊把早餐吃完。

至於他還是一如往常沉默地咀嚼著，但也吃得乾乾淨淨。

最後將吃完的餐具——素陶器——弄碎扔掉，兩人繼續上路。

叫賣聲始終響亮，左右兩側都有熱情高昂的誘惑一一傳來。

「哎哎，兩位客人，試試杏桃白蘭地吧！甜味會把您的舌頭都融化喔！」

路旁賣酒的攤位對他們這麼吆喝，牧牛妹因此停下腳步。

「如何？」他指著那處攤販。「要喝嗎？」既然他都問了，機會難得不如一試。

小巧的素陶杯裡注入了液體，是微微發出酸甜香氣的水果酒。

相對於用舔的方式淺嘗的她，他則是一口飲盡。

「你喝那麼快會醉喔？」

「沒問題。」他認真地說。「白蘭地可做為提神劑。」

「……你是在拐彎抹角地說，今天的你精神不濟嗎？」

「沒其他意思。」

「誰知道呢～」

從他的口氣中聽出了一絲困窘，她不禁輕輕笑著。

只不過是多餘的玩笑話罷了。假使他真的身體不適，自己不可能沒發現。

況且要是真的發現，她就會硬把他拖到床邊，讓他去休息。

參加祭典縱然開心——然而正因為如此愉快，可不能讓勉強對方的罪惡感壞了氣氛。

「不過啊。昨天你搞到很晚吧，到底在忙什麼？」

「把該做的事先處理好。」

一如往常，他的說明毫無解釋作用。

但她也不加追問，只喃喃說了句「是嗎」。

感覺胸口內側暖呼呼的，自己也因此變得興奮又開朗，是因為飲酒的緣故嗎？

「我以為妳早就睡了。」

不知是否明瞭她的心情，他以跟平日一樣的淡漠語調說道。

「還醒著嗎。」

「啊哈哈。總覺得睡不太著……」

「是嗎。」

他沒有繼續深究，兩人在熱鬧的祭典裡一起四處逛著。

時間再怎樣都不夠用。

對森人弓手把盤子一個個扔向空中再射穿的雜技拍手叫好。

對礦人以高超手腕製作、帶雕刻的御守刀攤位純欣賞不掏錢。

對圍人樂師吟唱的武勳詩歌豎耳傾聽。

這兒看看，那兒瞧瞧，兩人享受著熟悉街道的陌生一面。

就這樣逛了有好一會時——他冷不防停下腳步。

「?怎麼了嗎?」

她繞到前面窺看他的表情，不過當然什麼也看不出來。

他只是抱持沉默，「嗯」地微微念了一聲。

「……稍等。」

「嗯。那，我在這等你。」

於是堅固的皮革護手從她手裡離開。

人群雜沓中被孤單拋下的她，就像平常那樣背倚著牆，等待他回來。

把空虛的手掌在面前攤開，她輕吐了一口氣。

儘管並沒有感到寂寞、厭惡。

但眺望著眼前不斷流過的冒險者及旅客，她隱約這麼覺得。

他四處奔波，而自己只能靜靜守候的這種關係，大概永遠都不會改變了——對吧。

真是的，只有這件事她完全莫可奈何。

他跟她，所關注的事物截然不同。

十年了。

她離開故鄉時，也就是村子被毀滅後，已經過了十年。

與成為冒險者的他重逢，則是五年前的事。

這當中，意即分別的五年間他是怎麼度過的，她一無所知。

他漸漸被人稱為哥布林殺手的過程，她也毫無概念。

故鄉後來怎麼了，更加不清楚。

儘管有過傳聞，但也頂多只是聽說罷了。

她記得空虛的棺木在眼前下葬，而自己則抓著舅舅的手靜靜凝視。

然而，就只有那樣。

發生了什麼事？怎麼造成的？大家都怎麼了？她至今仍不曉得。

被火燒光了嗎。田地呢。家畜呢。朋友呢。爸爸呢。媽媽呢。

沒對任何人提起過的鳥巢。自己藏在樹洞裡的寶物。

媽媽說好等長大以後就要送給自己的圍裙。那雙喜歡的鞋子。

生日那天收到的禮物，儘管小心使用但邊緣還是有缺損的杯子。

如今回想起來彷彿幻夢般的每個重要回憶，在她腦海浮現又彈開。

說起剩下的東西，就只有那一天，把鎮上找到的東西全收進去帶走的一只小箱子。

如果——只是如果。

那時自己要是沒離開村子，結果會如何？

自己會跟他目睹相同的光景，並一起活下來嗎？

還是自己會輕易死去，只有他單獨存活呢。

假使是後者，他會為了自己而憤怒嗎？

又或者……只有他死去，自己苟且獨生，以此作收。

——那樣的話，就太討厭了。

正當她想到這裡時。

「久等了。」

彷彿從擁擠的人潮中使勁擠出來，他熟悉的鐵盔出現在眼前。

「不會啦，沒關係。」

她輕按住帽子搖搖頭，而他則用手指捻著遞出一樣東西。

「這是什麼？」她湊過去問。「以前……在村子時。」他則喃喃回應。

「類似的東西，妳很喜歡。」

他所拿出來的，是只小巧的手工戒指。

銀──看起來像銀製的。不過這只是外表很像的贗品，她非常清楚。

在小巷子裡鋪草蓆的可疑商人，就是拿這種玩意騙走小孩子的零用錢。

簡而言之，不過是件玩具。

然而她，卻不由自主地笑了。忍不住笑出來。

「啊哈哈哈……那是小時候的事了吧。」

「是嗎。」

他說著，用斷續而微弱的聲音，又重複了一遍。

「是這樣嗎。」

「嗯。」

她點點頭，收下了戒指。

以手工藝品而言，這戒指的質感也太廉價了。上頭連假寶石也沒有，單純只是個金屬製的環。

然而透過陽光看，還是會發出一閃一閃的耀眼光芒。

而這光輝是那麼眩目，甚至讓她忍不住瞇起眼。

「……不過。」她低喃著。「我現在也還是很喜歡。」

「……是嗎。」

「是唷。」

謝謝。牧牛妹終究還是應了這一句，並將戒指收進洋裝口袋。

為了避免遺落，她以左手從外面緊緊按著口袋，右手當然又握住了皮護手。

「走吧。」

她笑道，牽起他的手邁出步伐。

無法窺見那隱藏在鐵盔下的臉龐，不過……

他一定也在笑吧——她如此心想。

如此深信著。

§

「喔，這不是哥殺大叔嗎！」

之後，悠哉閒逛的兩人又被叫住了，那是已經快要中午的時候。

正在考慮收起來的戒指該怎麼處理時——到底是誰在叫喚呢，牧牛妹歪過腦袋。

她對這略顯高亢的聲音毫無印象，不過被叫的當事人好像知道。

只見他把鐵盔轉過去，另一頭有位少年斥候正指著這邊。

一旁還有身為圃人的少女巫術師，以及隔壁的新手戰士與見習聖女。

年輕的冒險者們結伴出遊——牧牛妹也看出這點了。

「咦？怎麼，大叔你跟牧場的姊姊在約會啊!?」

「喂，你用那樣的口氣不太好吧……」

新手戰士興致勃勃地探出身子，見習聖女則拉住他的衣袖。

哥殺——這種簡稱很有年輕人的風格，牧牛妹的嘴角微微揚起。

她刻意用有些意深旨遠的動作，微笑著仰望站在身邊的那頂鐵盔。

「所以到底是怎樣，可以透露一下嗎？」

「你錯了。」他清楚地斷言道。「我只有二十歲。」

這回答讓牧牛妹的笑意更深了，他否定的不是約會。

「唔耶!?」

少年們發出怪異的尖叫，牧牛妹終於忍不住笑出聲來。

「這樣喔，也是啦。因為你一天到晚都戴著頭盔，根本看不出來嘛。」

「……有必要才戴。」

如此回應的哥布林殺手，聲音比平日更加帶刺。

牧牛妹很清楚他在不高興，不過她自己倒是愉快得很。

雖然大家都說無法看清表情，所以很難判斷他到底在想些什麼。

但她卻覺得，再也沒有什麼人像這位青梅竹馬更容易看穿了……

「那個，可以請你們幫個忙嗎？」

這時，冷不防出聲的少女巫術師，用極為靦腆怯懦的口氣說道。

哥布林殺手一個轉頭，將鐵盔面對那名少女。

「哥布林嗎。」

「不，不是的。呃……」

「怎麼，不是哥布林嗎。」

這一如往常的平淡回應，讓巫術師少女的視線困窘地游移起來。

一旁的少年斥候說了句「大叔你真笨耶」並一陣訕笑。

「再怎麼說，這種地方也不可能有哥布林出沒吧。」

「會喔。」

「咦？」

「哥布林會出現喔。」

「真假!?」

啊啊，真受不了。牧牛妹聽著他們的對話，無奈地露出微笑。

「先別管他了，妳們兩人有什麼事嗎？」

牧牛妹慢慢彎下身子，配合少女巫術師與見習聖女兩人的視線高度詢問。

那兩名少女迅速對看一眼，盯著被雙臂夾住後更為醒目的牧牛妹胸部。

接著她們又低頭看向自己的胸口，不約而同深深嘆了口氣——也太明顯了吧。

「放心。妳們兩個，都還會長大的。」

「……話是這麼說沒錯。」

「但果然還是……」

兩位少女垂下紅著的臉害臊起來。

牧牛妹對此不由得會心一笑，輕輕撫摸著她們的頭。

「所以，妳們怎麼了呢？」

兩位少女嗯地點完頭後，轉身所指的方向，是間酒館——的入口。

那裡有群人亂哄哄地推擠著，人牆中心是張小桌。上頭有尊張開口的蛙像。

如今一名醉漢正手握叮噹響的銀球，站在路面畫出的白線後端面對桌子。

「嘿呀！喝呀！哈呀！」

只見那傢伙不斷使勁扔出銀球，但沒有一顆打中蛙像，盡數被桌子彈開。

沒多久他的球就用完了，醉漢紅著臉大罵「這可惡的畜生！」似乎很盡興地為失敗而大呼可惜。

站在蛙像旁的老闆，則以熟練的動作拾起銀球，並扯開喉嚨喊道：

「來來來，十顆只要銅幣一枚！每進一顆就能換麥酒一杯！小朋友跟小小姐則可以享用檸檬汁！」

「那個根本扔不中嘛。」

少年斥候忿忿不平地抱怨道。即便在重戰士的小隊裡接受鍛鍊，終究還是不夠成熟。

雖然十五歲成為冒險者後已打滾數年的他，怎麼看都不像才二十歲不到。

牧牛妹明白他應該有稍微謊報年齡，不過並沒有揭穿的打算。

「對呀對呀。這些銀球應該沒動過手腳吧？」

「喂喂，小朋友，你可別胡說八道喔。」

見習戰士遞出銅幣並半開玩笑地發牢騷，酒館老闆依舊笑咪咪地用從容的態度應對。

接著兩人又砰砰砰地扔出銀球，但不論哪顆都離命中很遠。

唉——如此嘆息的人，是跟著他們一塊過來的少女們。

「……那兩人都著魔了。」

「真的，男生就是這樣。」

與其說老成，不如說是在裝大人吧。

巫術師跟聖女兩人露出困擾的表情埋怨，牧牛妹則邊聽邊發出「是嗎是嗎」的回應。

——男孩子總是如此，會想展現帥氣的一面……

「而女孩子則是希望對方展現給自己看，對吧。」她視線望過去的方向，是那位青梅竹馬的青年。

一如往常隔著鐵面具難以看出他的表情，卻很好理解。

「怎麼。」

「你示範一下吧？」

「唔。」

哥布林殺手一個轉身，望向四位少年少女，以及牧牛妹的所在之處。

接著他輕輕點頭，從錢包拿出一枚銅幣，放進酒館老闆手中。

「老爹。」

「來了！」

「我扔一次。」

接下來發生的事，則如電光石火般讓人目不暇給。

他先在掌上把玩幾下叮噹響的銀球，隨即冷不防用俐落的動作扔進蛙像嘴中。

此等技術並沒有值得放大檢視的特點。

單純只是投擲的準心非常固定。除了精確之外，還很迅速。

陸續扔進一顆、兩顆、三顆、四顆。甚至第五、第六顆。

蛙像的喉嚨就像在嘔吐般發出叩囉叩囉的銀球轉動聲，整個過程只不過花了數秒鐘而已。

「哇！」

「唔喔！」

這迅雷不及掩耳的功夫讓四位少年少女瞪大雙眼，藏不住內心驚訝。

不，不光只有他們。

周遭圍觀的人群也發出「喔喔」的叫喊，甚至有人稀稀落落地拍起手。

哼哼──牧牛妹簡直就像替自己感到得意般挺起了豐滿的胸部。

他就只會剿滅哥布林──大多數人都這麼以為。

但事實絕非如此。

他並非除此之外一無所長的人。

「這位人客，拜託你也稍微高抬貴手嘛。」

「那可不行。」

他斬釘截鐵地認真回答老闆，牧牛妹則輕拍他的肩膀，讚許他的勝利。

「你從小時候就很擅長玩這個，對吧。」

「嗯。」

故鄉村子的酒館也有類似的遊戲，只不過那邊不是用蛙，而是持水甕的女神像。

每次一到祭典，他就會為自己和姊姊賺來三杯檸檬汁。

——話說回來，記得每到祭典前夕，他好像都會去河邊練習打水漂。

他的個性從以前就是絕不怠忽準備呢，牧牛妹感到十分懷念。

「哎呀呀，小哥你果然有一套！一共六杯檸檬汁對吧，稍等一下喔！」

「嗯。」

像平常那樣搖著鐵盔點頭的哥布林殺手，接著轉向少年們。

他言簡意賅地斷言道：

「總之，就像這樣。」

「……喔，好。」

「試試。」

咻──哥布林殺手將掌心所剩下的四顆銀球，乾脆地放進了少年們手裡。

少年斥候慌忙接下，用稍微有點緊繃的表情問。

「難、難道沒有其他，該怎麼說……類似祕訣之類的嗎？」

「對呀對呀，好比說特殊的投擲動作！」新手戰士也追問。

「多練習。」

真是單刀直入。

唔咦──兩人再度發出窩囊的叫聲，但在哥布林殺手的催促下，只好擺出嚴肅的架勢。

「加、加油！」

「對呀，先集中精神再扔！」

「啊哈哈哈。如果太緊繃也不行啦──」

少女們在一旁守候著，眼前的**三位少年**──

「啊。」

——對喔。牧牛妹突然察覺到一件事。

她始終覺得他變了。

到頭來，他還是一樣。

並沒有改變。

當然，從那之後已過了十年。那段經歷非常巨大。

畢竟就連自己，也背負著同樣的記憶走過來。

然而就結果論，那也只是不斷累積上去的成分罷了。

——本質還是相同的。

這是她始終深信的事……不。

應該說她希望事實就是如此。

「要喝嗎？」

「嗯，給我一杯吧。」

他遞來一只沁涼的杯子，裡頭是加了檸檬與蜂蜜的井水。

這冰涼的口感，大概也從十年前開始就沒變過。

「啊，對了。」

牧牛妹從觀看孩子們熱中投球的景色，裝作臨時想起般問道。

「難得你送我戒指，乾脆幫我戴上吧？」

「戴哪。」

被這麼一問，牧牛妹的視線緊緊落在從拇指到小指的雙手手指上。

「無、無名指……」才剛說出口她就後悔了，不乾脆地又補了一句。「……之類的？」

「哪隻。」

「什麼哪隻，當然是……」

──左手。

不行啦不行啦，這句真的說不出口，牧牛妹死命搖著臉龐。

「右。」

她調勻呼吸後才伸手進口袋尋找，用左手把戒指捻出來。

「右手上……拜託了。」

「知道了。」

就這樣，他以毫無半點情緒的粗魯動作，將戒指戴在牧牛妹的右手上。

她莫名將戒指對著太陽高舉。金屬環發出了鈍重的閃爍光輝。

——嗯，工作的時候不拿下好像怪怪的。

但至少在祭典的此時此刻，戴在手上也無妨吧，心裡這麼想的同時——

牧牛妹心滿意足地享受著，占據她嘴裡的酸甜滋味。

§

另一頭，在入口前置有蛙像、老闆手拿檸檬汁不停進進出出的酒館當中。

「總而言之，不論是和哪位，又做些什麼——」

蜥蜴僧侶正豪邁地大口啃著在油炸香腸上灑了大量乳酪的料理。

邊吮舌邊稱讚好吃好吃同時又一邊交談，對蜥蜴人來說並不是什麼沒禮貌的行為。

「能否順利實在難說吶……不，希望他們一切順利。」

「甭擔心了，世上這類的事，十之八九都是船到橋頭自然直。」

礦人道士拍打自己大鼓般的肚子，對烈酒說了聲「忍不住啦」便一口飲下。

「真的該在意的我看是——」他的視線移向一旁，並發出竊笑。

餐桌邊還坐了另一人。妖精弓手正以要射穿獵物的表情，咬牙切齒地死瞪著。

「咕呶呶……」

「妳在碎念個什麼勁啊，長耳朵的。」

「就是那個啊。」用力拍桌後，妖精弓手的長耳劇烈晃動，並指向酒館外。

「我剛才玩了那個，結果連一顆都沒扔中耶！」

「那是因為妳擅長弓箭，卻對投擲類的一竅不通吧。」

「我沒辦法接受——！我可是上森人！神代延續至今的種族耶！」

說完她有點自暴自棄，大口大口灌下杯子裡的檸檬汁。

剛才白費了那麼多銅幣，結果卻得含淚自掏腰包，老實說喝起來還真酸。

「哎，此乃世間常理。獵兵小姐與小鬼殺手兄，各自都有擅與不擅之處。」

蜥蜴僧侶就像在安慰稚子般說道，礦人道士卻隨即吐槽。

「所以說，妳是因為輸給了嚙切丸才感到可恨對吧。」

「嗚咕咕咕……我、我才沒什麼好恨的咧！」

對她咬牙切齒的模樣，蜥蜴僧侶愉快地發出咻一聲，吐了口銳利的氣息，就在這時……

「……啊，等等。」

妖精弓手的長耳猛然一顫，抬起臉看向外頭。

「怎麼了嗎，獵兵小姐？」

「你們看，他們走了。」

一眼看去正如她所言，開心玩過丟球的那兩人正要從酒館前離去。

牧牛妹的步伐因為惋惜而顯得沉重，至於哥布林殺手還是像平常一樣邁出大步。

「呃，『代我向櫃檯小姐打聲招呼喔』、『是嗎』……他們的對話。」

──那傢伙就不能稍微熱情一點嗎。

心底不悅而以手支著臉頰的妖精弓手，一邊玩著表面結露的杯子。

礦人道士則愉快地欣賞她的反應，同時捻起白鬚。

「森人的耳朵，沒有比這個更浪費更下流的用途了。」

「哎呀礦人，你不懂凡人的文化嗎？」

妖精弓手自信滿滿地露出得意笑容，長耳也使勁豎了起來。

「能夠浪費天賦，代表當事人充滿餘裕呢。」

「一時腦充血把錢花個精光的傢伙有資格說這種話嗎。」

「那跟這個是兩碼子事。」

「唔哇這傢伙開始耍賴咧！哈！所以我才最討厭森人了！」

「怎樣啦！對金錢充滿貪欲的礦人才會一直糾結這個！」

於是兩位夥伴，又像平常那樣大吵大鬧起來。

蜥蜴僧侶彷彿很愉悅地瞇起眼作壁上觀，尾巴則在地板上敲了敲，舉起手叫來附近的女服務生。

「不好意思，女侍小姐。」

「來了！」

精神抖擻發出招呼聲並停下腳步的，是一位獸人(Padfoot)女侍。

這位生有野獸四肢與耳朵的女性，朝氣蓬勃地啪噠啪噠跑近。

哦——蜥蜴僧侶理所當然地瞪大眼睛，他對這位呼呼呼笑著的女性有印象。

「這可不是公會的女侍小姐嗎？」

「是啊，我在兼差喔。」

獸人女侍用托盤遮住嘴，瞇起眼出聲道。

「您也知道嘛，今天不管哪間店都缺人手，只要有人願意打工可是來者不拒呢。」

「原來如此，原來如此。生意興隆是好事。」

蜥蜴僧侶慎重其事地點點頭，並以銳利的爪尖指向貼在牆上的價目表。

「這種炸香腸再多來兩、三根。可否在上頭多灑點乳酪？」

「好唷。順帶一提我們也有加了藥草的香腸呢，這位蜥蜴大爺。」

「哦，是指添加香料嗎。」

「另外也有包軟骨的……」

「什麼——」

「也有直接包乳酪的！」

「竟然！」

蜥蜴僧侶的眼珠因此閃閃發光到無法更亮的程度，自然不必多言……

正午，就在這種平安無事的狀態下來臨了。

# 間章

# 「神官長準備祭典的故事」



哎呀。哎呀，哎呀，嗯，嗯。又有可愛的參拜者來訪了。

是的，這次收穫祭的儀式——對，必須藉助神的力量，一點也不錯。

儘管不是『降神（Call God）』這種最高階的神蹟。

但這是對鎮守在天上的神明們祈願，希望能求得祂們的一絲神力，庇佑我等的豐收及安寧。

是的，因此假如您試圖干涉靈界（Astral）的話，這恰巧也是個好機會喔。

來人，麻煩去叫一下那孩子好嗎？沒錯，就是她。應該在鎮上吧？

總之那孩子是非常有前途的。

既虔誠，信仰也堅定，還只是黑曜等級就能使出三次神蹟。

因此今年的祭典上，會拜託她擔任舞者。

她可是個好女孩唷。只不過，還是稍稍有些問題……

咦？她跟闇人（Dark Elf）或魔神有無關聯？古代巫女的轉生？身世藏著祕密？

哎呀，討厭啦，這樣有點過度解讀了吧。

那孩子又不是什麼白金級的冒險者……就算不是也很常見？那還真恕我失禮了。

總而言之，我就把她當作親女兒一樣看待。啊啊，這點請幫我保密。

只不過，那個，該怎麼說呢……

和她在一起的那位冒險者，問題似乎也不小……

那人比較可疑？啊哈哈哈哈，不，怎麼會嘛。

至少那位先生並沒有崇拜邪神之類的惡念，這點我可以保證。

與其把時間拿來搞這些，我想他更寧可去做另一件事吧。

咦？來這裡的路上遇見了奇怪的冒險者？

外觀簡直像亡者或活鎧甲一樣駭人？

……………

啊啊……神啊……

不，請相信我，他絕對不是什麼惡徒喔。

……那麼，詳情我已經從水之都的大主教大人那兒聽說過了。

如果有幫得上忙之處，我等定會傾力相助，勇者大人。

# 第4章 『最重要的是笑容』



假期節慶的中午，廣場總會被人群淹沒，就像一大片蠢動的馬賽克花紋。

而矗立廣場中央代替日晷的圓柱，理所當然就是約定碰面的絕佳地標。

在五顏六色如花朵般鮮豔的盛裝男女當中，只有一人特別樸素——那就是她。

上半身穿著清純的象徵，毫無裝飾且不顯眼的白色雪紡衫。

下半身則是一件以方便活動為優先的褲裙，褲裙底下露出的腿部則由素色過膝襪包裹著。

髮型跟平時一樣，只有固定髮辮的緞帶是事先新買的。

這是便服——也就是假日時上街用的衣裳。老實說，就只是為了這個目的而準備的衣服。

然而即便打扮得如此素淡，她也絲毫沒有半點不安。

那是因為——……

「啊。」

——……看吧。

大步走來、對四周雜沓絲毫不放在眼裡的那個身影。

絕對不會看錯，也毫無追丟的可能。髒汙的皮甲與鐵盔。劍與圓盾。

他的外貌，老實說已經一成不變到好笑的程度了。

因此她也微微一笑，穿著跟平常有點不同的服裝，臉上掛著一如往常的笑容。

「早上，玩得開心嗎？」

「嗯。」

佇立在眼前的哥布林殺手果然還是一派淡然，就像平常那樣點點頭。

「抱歉。久等了。」

「完全不會。我也才剛到。」

櫃檯小姐撒了一個很容易識破的謊。

其實她心中萬分期待，所以上午就開始等了，但這點要保密。

因此接下來，她為了掩飾尷尬而假咳了幾聲。

「……不過。很遺憾您還是稍微遲到了喔，哥布林殺手先生。」

「抱歉。」

「不不，沒事的。因為我——」

——喜歡等待。

櫃檯小姐促狹一笑，若無其事地在前方引領他，並驀然回過頭。

綁著緞帶的麻花辮，就像尾巴一樣輕輕地搖晃著。

「那麼，我們出發吧！」

她心裡很清楚。就算自己刻意打扮得時髦可愛，在他腦中也了無痕跡。

不如保持平常——但跟上班時又不同，對他展現出真實一面的自己比較好。

不是以櫃檯小姐的身分，而是平常的自己。真正的自己。

這就是我！為了這種自我主張，她今天特意減少對自身的修飾。

「午餐吃過了嗎？」

「不。」

哥布林殺手緩緩地左右搖晃腦袋。

「還沒吃。」

「那……」

櫃檯小姐腦中發出迅速驅動思緒的聲響。

她即時比較好幾個不同方案，篩掉其中一些，選出最後的結論。

儘管已知道他喜歡燉濃湯一類的食物，但那必須加上「故鄉的」為前提。

她不想在同樣的領域與人一戰。因此，這時就要活用祭典的情勢！

「……邊走邊吃，好不好呢？」

櫃檯小姐這麼說道，臉頰微微放鬆成羞赧的表情。

「雖然有點不成體統，不過反正是祭典嘛？」

「我不介意。」

「就是說啊。那，我們邊吃邊逛好了……」

櫃檯小姐仰望對方，從下方窺探他的臉孔。髒汙的鐵盔。那副一如往常的表情。

「那麼，要往哪邊走呢？」

「唔。」

「可以選您喜歡的方向喔？」

「唔。」

哥布林殺手沉吟一聲，櫃檯小姐則以笑容守候他。

等待並不是一件痛苦的事。至少，當確定對方會回應自己的時候。

他在認真思考時的反應，一旦相處了五年當然能夠理解。

於是過了一會，哥布林殺手點點頭說道：

「……那，從這邊開始。」

「好的！」

他大跨步走了起來，櫃檯小姐則三步併兩步急忙跟上。

為了避免走散還是手牽手吧——要是能進展到這個地步就好了。

不過他的特徵實在太過明顯，如此異樣的打扮，基本上不可能跟丟才對。

櫃檯小姐決定先享受一下他的「護送」，於是加深了臉上的笑意，從後頭追上去。

§

兩人一起買了淋上糖漿的蘋果當點心。

儘管這種零食並不像正餐，但抱怨祭典的攤販未免太不解風情。

櫃檯小姐非常清楚這點，也無法想像他對食物顯露出不滿的模樣。

——難以想像啊，真要說起來。

就連他隔著鐵盔還能巧妙啃食蘋果糖的樣子，平常的她也很難想像出來。

「……呼呼。」

「怎麼了。」他把粗略啃完的蘋果糖竹籤折成兩半後，不解地歪著腦袋。

「沒事。」櫃檯小姐還在啞然失笑，但卻搖了搖頭。

「我在想，不知道哥布林殺手先生有沒有什麼難以接受的食物呢？之類的。」

被這麼一問，哥布林殺手「唔」地陷入沉思。

在他身邊，櫃檯小姐依然用舌頭輕輕舔著蘋果糖……嗯，好甜。

「不算難以接受。」

他如此低語，櫃檯小姐聽了「是的」地輕輕點頭。

「我會避免吃魚。」

「魚嗎？」

「雖然有河就能補給，但有寄生蟲，也有中毒的可能。」

他說完後，慢了半拍才又補充道。

「況且，很臭。」

「啊啊。」

她笑著表示同意。的確，魚就算燻製過還是有腥臭味。

「這個我懂，我也曾看過有冒險者為了這種事而吵架。」

「哦——」

「有人為了找能長期保存的食物而買了燻魚，結果卻嚷著太臭太臭而引發騷動。」

那次還真難收拾呢，她誇張地說道，結果他只回了句「是嗎」並點點頭。

所以——那是發生在哪支小隊的事？

即使記得曾有這樣的麻煩出現，但臉孔卻模模糊糊的，回想不起來。

冒險者這種人基本上都是遊民、流浪漢。

雖然也有人有固定居所，但就算隨意到別處去晃蕩也沒什麼人會在意。

那傢伙、或那些傢伙，此刻想必是在某個鎮上，精神飽滿地生活著吧。

畢竟，這是理所當然的。

比起去想像任務失敗而全體遇害的結局，這麼想還比較能獲得救贖。

正因為她每天都會與許多冒險者見面，不那麼強迫自己，工作就會做不下去。

——真不願去想那種事呀。

好比說，最近一直都沒出現的那個人是不是死了，之類的。

今天要出發去冒險的人恐怕再也不會見面了，之類的。

等待之所以不辛苦，那是因為認定對方絕對會回應的緣故。

但假如不是的話……

「不過，用來燻巢穴很有效。」

對她的心意毫不知情，他極為嚴肅——永遠都是這麼認真——地斷言道。

即便明白他根本不是在說些玩笑話，櫃檯小姐還是笑了。

從她與哥布林殺手一起逛祭典開始，他就一直——不，兩個人就始終是這種調調。

每到馬路拐角他就會左右挪動視線，遇到下水道的蓋子也會用腳使勁踩幾下。

穿越道路，通過河邊，他在橋上也死盯著上流下流的景色，彷彿在觀察情勢。

不管是小溪的潺潺流水聲，游魚的跳躍聲，或是在河面通過的一群小舟都無法吸引他的注意。

「嗯──真舒服耶，這裡。」

拂過臉頰的秋風帶來清涼，櫃檯小姐不禁瞇起眼。

她用手撐著橋的欄杆大膽探出身子。

「會摔下去喔。」而這不經意的一句警告，也是他在意自己的證據。

「放心啦。」櫃檯小姐應道，然後一個轉身。

她依然用雙手撐著欄杆，反仰背部整個人迎向天空。

原本編成麻花辮的秀髮也解開了，髮絲在空中漫舞並柔順地飄逸著。

「好像會流到大海去嘛，這條河。」

「對。」他說：「從山上流下來。」

「但還不到水之都那種程度對吧。那個地方怎麼樣呢？」

「路很複雜。」

哥布林殺手淡淡地說。

「容易防守，但被侵入內部就很棘手。」

「所以我們這座小鎮，也要多留意別讓哥布林跑進來囉。」

「嗯。」哥布林殺手點點頭。「沒錯。」

就在這時……

「啊。」

恰好通過橋下一艘舟船上的乘客，與櫃檯小姐視線交會。

對方束起了美麗的金髮，白皙的臉頰微微染上紅暈，五官發出凜然氣息。

跟平日的板甲不同，今天對方換上了極為華美的一襲絹布連身洋裝。

一旁則是一位表情嚴肅、但帶有困惑之色的壯漢陪伴……那不正是女騎士嗎？

「……呼呼。」

就好像在叫櫃檯小姐保密般，女騎士一臉嚴厲地在嘴唇前豎起食指。

那副模樣就像是荳蔻年華的少女，櫃檯小姐忍不住噗哧一笑。

——好啦，好啦。當然，我會幫妳保密的。

周遭的大家想必早就察覺他們的事了，關於那點自己可不負責。

既然一切順利就沒什麼不好。那麼話說回來，自己這邊又會被人怎麼看待呢？

「吶，哥布林殺手先生。」

一想到這櫃檯小姐就倏地離開欄杆邊，拉了拉他的袖子。

「接下來，要去哪裡？」

「唔……」

他念了一聲，但跨出去的步伐還是一如往常，櫃檯小姐只好胸口小鹿亂撞地跟了過去。

那邊、這邊——他毫無方向性地改變前進路線，說是隨便散步，他的腳步又完全不猶豫。

到底想做什麼，究竟要去哪裡？光是馳騁自己的想像力，櫃檯小姐就感到十分愉悅。

當這樣的他腳步終於停止，是兩人拐過了好幾條小巷子，進入一條格外熱鬧的馬路時。

「啊啊。這條馬路是給街頭藝人之類表演的地方呢。」

藝人們穿著五顏六色、款式各異的衣裳，在這塊區域展示自己的技巧。

路人們則發出歡笑、被逗樂、鼓掌、扔下賞錢，或者也有人直接無視通過。

圃人樂師撫摸懷中抱著的貓開始**演奏**，並一邊來個空翻踩在球上。

保持這種姿勢，那傢伙開口冒出的，是一首輕鬆而走調的打油詩。

人生就像玩骰子
日復一日擲了又擲
然而我總是擲出蛇眼
有人說過　運氣是公平的
出生到死都不會改變
或哭或笑殊途同歸
今天我仍持續擲著蛇眼
噢噢　蛇眼啊蛇眼
明天請讓我看到雙六吧……

櫃檯小姐對偶然在路上聽到的歌聲豎起耳朵，並朝上仰望哥布林殺手。

「對哥布林殺手先生來說，今天擲出了幾點呢？」

「不。」哥布林殺手道。「還不知道。」

「嗯……」櫃檯小姐以食指抵著唇思考。嗯。沒錯。

「上午跟一個女孩子約會，下午又跟另一個女生約會耶。」

她語帶捉弄，但又有那麼一點——想起不滿之處地嘟起嘴脣。

「不覺得這是一件非常幸運的事嗎？」

「是嗎？」

「當然是呀。」

「是這樣嗎。」

「就是這樣。」

哥布林殺手不知究竟理解了沒有，嘴裡只是「唔嗯」地咕噥著。

——真是的，受不了耶。

若照正常標準，這樣應該屬於優柔寡斷那型的吧，自己或許該生氣一下比較好。

只不過，認真說起來他卻不算那種性質的人。

如果他真的是個沒主見的冒險者，自己才不會像這樣約他出來玩。

「真受不了。」

故意說出口並重複一遍的這句話，卻被人潮的喧囂所淹沒，無法傳達給對方。

至於當事人哥布林殺手，視線則對準街頭藝人那邊。

他對投擲短刀時故意出糗搞笑的小丑投以一瞥，但很快就扭開頭失去興趣了。

接著哥布林殺手目光所停留的地方，是一名身披外套的男子。

那傢伙全身每寸皮膚都被布料所覆蓋，用怪異的動作與手勢誇張地擺動臂膀……

「哇。」

下一秒，男子翻過來的掌心上就出現了一條小龍。

當櫃檯小姐忍不住驚呼時，被緊握在手裡的龍咻一聲變成一顆蛋。

男子雙手包住蛋轉了轉，眨眼間蛋又膨脹、孵化出一隻鴿子。

把鴿子釋放到空中的瞬間男子手指一彈，一道閃光迸發，鴿子又化為了青煙。

男子好像在拉繩索般扯著那道煙霧，結果咻一下又冒出了一把長劍。

男子將劍刃轉了一圈，用力張開嘴表演吞劍術。

魔術師、幻術師、雜技師。其高超的技巧變化多端，令櫃檯小姐也不吝發出掌聲。

「真了不起耶，我以前從來沒見識過變戲法這麼厲害的人。」

「是嗎。」哥布林殺手應道，而他的視線完全沒從男子身上離開過。

剛才欣賞過那麼多戲法，他卻毫無驚訝之色，櫃檯小姐覺得有點不可思議。

不，也不單純是不可思議，應該說她很在意——一股好奇心逐漸在胸中膨脹。

如果現在是輪班期間，她就不方便過於深入去追問這些事了……

幸好現在自己跟他都處於私人的休閒時間。櫃檯小姐毫不遲疑地問：

「您喜歡……這種表演嗎？」

「嗯。」

哥布林殺手點點頭，並指向用指頭點起火，還把火球當沙包玩的男子。

「……那個男的先用動作吸引注意力，再趁隙啟動機關。」

「我聽說這就是魔術的基本手法呢。」

「對。接著當客人察覺動作是誘餌時，動作又成了機關的運作步驟。」

哥布林殺手說道。

「心理戰。能當作不錯的訓練。」

接著，他轉動鐵盔，望向櫃檯小姐的方向。

一如往常，還是那種平淡的口吻。至於結論——

「……算是借鏡吧。」

——啊啊，這個人真是的。

櫃檯小姐微微嘆了口氣。

認真、頑固、偏執，此外又很笨拙。

他是這種人的事實，打從兩人剛認識就曉得了。

自己當初十八歲，做為職員第一次來到這個小鎮的公會，已過了五年。

然而櫃檯小姐所認識的他，僅限於身為「冒險者」的那一面。

底下的本來面目——他的另一面，尚未被發掘出來。

而這對他來說也一樣。

他所見識到的那一面，也僅是身為「櫃檯小姐」的自己罷了。

「呃，那麼……」

心理戰。他剛才是這麼說的。

——好吧。既然如此，我也來展示一下我的謀略。

「……我也有想去的地方，可以陪我嗎？」

§

那個地點，就彷彿是颱風眼。

不理會街上滿滿的喧鬧，只有這棟建築物依然被寂靜所籠罩。

冒險者公會。

在這節慶之日，根本沒有人會特地進行委託，也沒有冒險者來接任務。

櫃檯小姐打開玄關的門鎖，帶領哥布林殺手進入這空蕩蕩的房間。

「啊，請稍等一下唷。我很快就準備好了。」

「是嗎。」

平常吵到會讓人耳朵發疼的這個空間，如今卻迴盪著兩人的交談聲。

只不過是少了人的氣息，就讓這棟建築物充斥著孤寂的氣氛。

哥布林殺手曾幾度潛入遺跡之類的場所，至今為止卻都沒察覺這點。

當然，不論他是否闖入，遺跡也不見得就等同被寂靜所籠罩之處……

「……唔。」

昏暗中，長椅的影子拉長了，自己往前走的影子也在牆上舞動。

在這種悄然無聲的黑影間行進，就覺得自己彷彿成了廢墟的亡靈。

哥布林殺手跟平常一樣，筆直走向貼有任務委託的告示板。

為了今天的祭典，緊急案件都已經被事先處理掉了。

上頭稀稀落落的紙張，不論哪項都不是什麼要緊的工作。

驅除下水道的老鼠、採集藥草、消滅蔓延整座山的蕈類怪物。

為收藏家搜集古董、巡邏街道、調查貴族庶子的身分真偽。

探索未知的遺跡、護衛商隊……

「唔。」

小心起見，哥布林殺手把告示板上的委託從頭到尾又檢查一遍。

果然沒有剿滅哥布林的工作。

「……」

「呃——啊，有了有了。哥布林殺手先生，我準備好囉——！」

對方出聲叫他，他繼續想著剛才的問題並轉過身。

剛去過帳房又回來的櫃檯小姐，手上抓著某種——不，正揮動著鑰匙。

「這邊唷，這邊。來，我們走吧！」

這回她把哥布林殺手擱下，逕自快步走向帳房的後頭。

哥布林殺手又對告示板回顧一次，然後才大剌剌地追趕她的腳步。

儘管他隸屬此公會已五年了，但畢竟未曾踏足過職員限定的區域。

「可以嗎？」他問，走在前頭的櫃檯小姐輕鬆地答了句「不可以」並轉過頭。

「所以請您不要說出去。可以當成我們之間的祕密嗎？」

眼見她伸出舌頭淘氣地表示，哥布林殺手頷首同意。

「知道了。」

「真的嗎？您可不要騙我唷？」

「真的。」

「那，我相信您。」

一個轉身，櫃檯小姐再度背對他，辮子在空中飛舞。

追趕著在她身後蹦蹦跳跳的那玩意，哥布林殺手不改步調繼續前進。

不熟悉的旋律——來自櫃檯小姐所哼的歌曲。那是一首他沒印象的曲子。

終於，情緒高昂的她來到一扇古老的門扉前，用鑰匙咖鏘咖鏘打開門鎖。

而門後又是一道古老、陡峭，且漫長的螺旋階梯。

「來，就在上面。我們走吧！」

「是嗎。」

櫃檯小姐整個人踏上去並不會產生聲響的這道階梯，承受哥布林殺手的重量卻發出了呻吟。

單聽這嘰咿嘰咿的腳步摩擦聲，想必會以為只有一個人走在上頭吧。

「太好了！」走在前面的櫃檯小姐，用手撫過自己勻稱的胸部。

「如果我踩上去也會發出叫聲的話，我一定會因打擊太大而站不起來。」

「是嗎？」

「當然囉。對女孩子而言，那可是很要緊的事。」

「是這樣嗎。」

沒錯，櫃檯小姐點點頭。

「呼呼……欸，哥布林殺手先生。我穿裙子會比較好嗎？」

哥布林殺手搖了搖頭。

「看前面。不然會摔下來。」

「咦——您不會撐住我嗎？」

「就算會也一樣。」

「好啦～」

到底在開心什麼呢？櫃檯小姐的聲音顯露出無比的雀躍。

不多時兩人抵達了螺旋的頂端，這裡果然又是一扇陳舊的門扉。

「請稍等一下唷。」拋下這句，櫃檯小姐便轉動生鏽的鎖，將其打開。

「以前我就一直很想，把哥布林殺手先生帶來這裡。」

「……帶我？」

「對呀——請進吧。」

她打開門。

頓時——風吹了過來，金黃色占據了整片視野。

這是讓人眼花撩亂的金銀財寶之山——不對。

在逐漸西沉的夕日光芒照耀下，整個閃閃發亮的世界就在那。

不管是山脈、河川、雛菊之丘、森林或牧場。還有街道、神殿、廣場。全都一覽無遺。

此處——公會官署的瞭望塔，可以看遍小鎮的四面八方。

高聳、遼遠、廣闊，一望無際。

人們的嘈雜、樂師的演奏，不知是誰的笑聲、歌聲，全都能傳達到這。

正因為這裡是暴風中心，所以才能平心靜氣地環視整場風暴。

在這既熱鬧，又幸福，值得頌讚的祭典之日。

哥布林殺手，此刻宛若立於這一天的心臟地帶。

「……如何，您沒有料想到這裡吧？」

佇立於扶手前，櫃檯小姐倏地把身體滑進他身側。

然後仰望著他那無法判斷的表情。

只不過，比他還更容易看穿的人，應該不存在了——櫃檯小姐心想。

他不論做什麼，目的都會與巡邏鎮上有關，這種結論連想都不必想。

「您之前，巡視過了對吧。」

鑽進小巷子，檢查下水道入口，確認河川的情勢，在人群中搜尋小鬼的影子。

這個人就是這樣。

所以他一定會想從這**哨臺**，檢視四面八方……

「……這樣，您放心了嗎？」

「不……」

聽了櫃檯小姐的疑問，哥布林殺手緩緩搖搖頭。

「不敢保證。」

他輕輕吐了口氣。

櫃檯小姐則喃喃回了句「這樣啊」，將身子靠在扶手上。

麻花辮隨風飄逸，她依然看不見他的臉龐。

「可是您一直以來明明那麼致力於剿滅哥布林耶？」

「正因如此，才。」

日落西沉。太陽下山了。

光芒逐漸被地平線的彼方所隱沒，祭典的日子也將告終。

「……」

「……」

取而代之的是以天頂為目標升起、伴隨一層淡淡紫色靄氣的雙生之月。

天幕布滿粒粒星斗。星辰就好像一處處寒冷的光穴。

街道已完全被黑色所塗銷，不知不覺人們的氣息都潛藏起來，陷入了沉默。

咻、咻——冷風掠過了在瞭望塔上的這兩人之間。

秋天的降臨。同時也是冬天的開端。

呼出的氣息，已變白了。

這時，她突然低聲說道：

「您看，已經開始囉。」

金黃消去，沉入幽暗的街上。

一盞燈火——點亮。

§

一盞。

兩盞。

三盞。

四盞。

五盞。

最後終於多到數也數不清。

那點點火光，是在河川水面搖曳、如小星星般微弱的燈。

在沉入黑暗的街道上，不論是這裡，那裡，燈火都一一點亮，搖曳不定，閃閃發光。

終於這火紅而溫暖的光芒，輕飄飄地——如同螢火蟲般浮上空中。

那就跟從天而降的雪花恰好相反，飄起後在天空漫舞，逐漸升高。

「天燈。」

「是呀。從這裡，就會覺得看起來真是美極了。」

哥布林殺手慢慢吐出那個名詞，櫃檯小姐則像是自己的功勞般驕傲地表示。

「今年因為機會難得，所以特地招待哥布林殺手先生過來。」

「……是嗎。」

哥布林殺手的視線轉向街上，微微吐出一口氣。

黃昏的金色即使消失了，被橙色燈火照亮的街道依然顯露出不遜於方才的美麗。

那底下就是人們營生之處。

有石造的住家、建築物，路人穿著各式衣裳，臉上都浮出笑容。

把手上的竹燈點燃後，外層的傘狀就會膨脹，輕飄飄地飛上天空。

追逐攀升的燈火，哥布林殺手原本俯瞰的視線也挪往天上。

他知道。熱空氣因為比較輕，所以才能製造浮力。

那跟什麼魔法或奇蹟完全無關，這點他很清楚。

最終火一熄滅，天燈就會墜落重新回歸地面，這他當然也知道。

「哥布林殺手先生……」

櫃檯小姐欲言又止地開口，就在這時。

——鏘啷。

彷彿在夜晚的寂靜中投下漣漪，鈴聲響起了。

如果天燈是墜入河川水面的星星，那鈴聲就是潺潺的水流。

鏘、鏘、鏘、鏘。

聲音以一定的間隔（Rhythm）重複，原來是源於淨化土地的祀事。

櫃檯小姐的眼睛追逐音源，地點在有許多燈火飛升的廣場。

許多人都聚集在那，圍繞圓形舞臺而坐。
認出席中有熟悉的長槍尖與魔女帽，櫃檯小姐露出微笑。
——啊啊，時間已經這麼晚了嗎。
節慶之日，祭典之日，祝賀之日。
而這也是屬於神明們的一日。
收穫，秋天的結實纍纍，為了過冬而準備的感謝與祈願之日。
奉獻的對象，除了慈悲為懷的地母神外不作他想。
不知何時焚起篝火的廣場，實際進行儀式的人走了出來。
踩著窸窸窣窣的步伐，身上包裹著潔白衣裳，一位嬌小的少女——巫女，不對。
「『神明鎮守於甕之星桌』。」
是女神官。
那套與平日打扮截然不同的戰鬥裝束，真要說來還真有點暴露。

肩膀與胸口，腹部跟背部，大腿，這些部位白嫩的肌膚都裸露在外，簡直可用煽情來形容。

「『持司掌命運機會之骰』。」

在此裝扮下感到害羞而臉頰泛紅，但女神官依然揮動象徵神器的法杖。

地母神是豐收的象徵，也掌管性愛，有時還會顯現出戰神的另一面。

是故，這套衣服才是侍奉地母神之聖女的正式服裝。

其實沒什麼好害臊的才對。

「『奉請慈悲為懷的地母神』。」

被火光照亮的女神官滿臉通紅，汗如雨下，繼續以雙手揮舞巨大的法杖。

每當這把以脫穀器為原型製成的武器在空中掃過，就會描繪出白色軌跡，並發出「鏘啷」的鈴聲。

這是奉獻給神、模仿神、為了神而表演的舞蹈。所以又叫神樂。

「『如祢所決，我將誓以至誠』。」

因為我有練習呀——哥布林殺手回想起她羞赧地說出這句話的樣子。

裝備也是全新採購的。之前她慌忙跑去武具工坊，就是為了這個吧。

為了能揮動法杖而努力鍛鍊身體，還特別赴店訂做這套單薄的表演服裝。

當初妖精弓手以孩童惡作劇般的笑容所隱藏的祕密，如今也揭曉了。

「『毋倦毋怠，我將戮力行之』。」

朗朗吟誦出的禱詞，越過廣場、家戶，一路抵達這座瞭望塔頂端。

想必，聲音也能傳送給位於天上鎮守的諸神吧。

祈禱他們所擲出的骰子點數，可以更理想一點。

噢噢，蛇眼啊蛇眼。請讓我看到雙六吧。

不知是誰，喃喃道出那戲謔的歌詞。

「『向神之祝福敬禱』。」

神明附體——不，或許應該稱之為神的降臨。

當然如果是真正的『降神』奇蹟發生，容器的魂魄會承受不了。

因此只能片段展現一項動作、一次呼吸、一種聲音，但光是這樣就足以讓空氣中充滿了潔淨的氣息。

不單是為了夜空下的人們，同時也是為了怪物、混沌，還有小鬼們。

「『巨大、久遠、廣闊、厚實的大愛降臨』。」

跳起激烈舞蹈的她衣裙翻揚，纖細直挺的腿略顯疲態。

氣喘吁吁地呼出白色吐息，閃亮的汗珠四散飛濺。

溼潤的眼眸，嘴唇顫抖。單薄的胸脯，因呼吸而膨脹隆起。

然而這些都是神聖的象徵，不帶一絲淫靡。

「『汝等同在，桌盤之上』。」

「……從來沒有，放心過。」

一邊緊盯女神官的身影，哥布林殺手一字一句吐露道。

「咦——？」

沒頭沒尾的一句話。櫃檯小姐彷彿既困惑又訝異，不禁望向他。

但只花了一下子，她就察覺這是針對先前問題的答案。

「不論做多少事。不論多努力。能拿到手的都是勝算。」

不管有多少同伴、朋友，加以支持、勉勵，一同戰鬥。

「勝算，不等於勝利。」

那些都無法與勝利本身畫上等號。

失敗的氣息，永遠都貼附在他的背上，緊追不捨。

自身所製造出的影子，再怎麼奔跑都無法逃開。

更何況，那個影子還是有實體的，不時會將他擊敗。

「所以我，沒有做天燈。」

要用來備戰。準備對付哥布林。為了戰鬥。

即便勝算已高達百分之九十九點九，還是要阻止那零點一的敗北。

他堅決不肯把精力，消耗在其他事情上。

他很清楚。

天燈會飄浮在空中，不過是種自然現象罷了。

只要燈籠裡頭的火熄了就會墜落地面，甚至被當作垃圾。

哥布林殺手非常清楚。

然而。

「天燈，是用來引導死者的魂魄。」

他流露出些微的一絲後悔，如此喃喃說著。

「……有平安……回來嗎。」

那究竟是對誰、為了什麼，包含了多少思念的言語呢？

櫃檯小姐不知道。因為她根本沒經歷過。

即便如此，櫃檯小姐還是笑著說「一定沒問題的」。

與此同時。

「『願守序、混亂、中立每個角落，皆無災無恙』。」

在從地表奉獻給上蒼的舞蹈途中，女神官彷彿甩動頭髮般仰望天際。

她拚命詠唱著禱詞，連白皙的脖子也被汗水濡溼。這種豔麗的姿態，任誰見了都會屏住呼吸。

接著面對眾多祈禱者、有言語者，應該要接續下去的祝詞，她是這麼發聲的：

「『賜**夜之巡守**護佑及幸運』。」

她只對單獨一個人，如此詠唱。

「『遙拜聖靈，奉而稟之——……』」

女神官「吁」地吐出一口氣，寂靜就像漣漪般在會場上擴散開來。

「……看吧。」

櫃檯小姐似乎有點困惑，但還是對哥布林殺手笑道。

「哥布林殺手先生很努力……連神明都這麼掛保證了。」

不用說，一定是這樣。

假使最初他沒有在洞窟救出女神官，今天也不會有這場儀式。

包括如今待在塔上，大家的參與、小鎮還有舉行祭典等等。

這都是因為他救了那名少女，與同伴們一起向哥布林大軍開戰才會引發後續的事。

那不知是命運還是機會，抑或正是神明的擲骰結果。

恐怕位於桌盤上的眾人永遠也無法想像出來吧……

櫃檯小姐認為，不論真相是什麼都沒關係。

反正聚集起大家成就這些事情的，不都是他嗎？

他在成為冒險者……不，成為哥布林殺手前經歷了什麼，她並不清楚。

然而直到現在這一瞬間、走到這個地步整整花了五年。

他所累積出來的全數成果，她都非常清楚。

守護村子，守護人們，守護小鎮，守護某樣事物的他，一直都在這。

而上述對象，也始終在他的周遭。

如果對這些一點感覺都沒有——說離譜也未免太離譜了。

哥布林殺手一點也不覺得辛苦。他並不感到悲哀。

無法忍耐的——是她自己。

櫃檯小姐，因自身的任性而羞恥得全身顫抖。

那一晚的那一刻，女神官在，妖精弓手在，外面的牧牛妹也在。

明知如此她卻搶占先機，她不禁對自己的膚淺感到厭惡。

在祭典舉行前不知該以何種表情面對他，始終逃避的自己，也令她感到厭惡。

不過。不過啊。

她會等待。就在他身邊。

她會繼續支持他。為他加油打氣。

希望他能看見。

希望他能體會。

希望他，能理解。

對我。對其他這麼多事。對除了哥布林以外的大家。以及對每個人。

但要把戀慕之心說出口，卻再怎麼樣都缺乏勇氣……

不過能像這樣與他共度半天時光，其成果，應該還是不少吧。

他能對我多看一眼了嗎？

能對其他人多看一眼了嗎？

除了哥布林以外的人事物，能進入他的思緒了嗎？

「大家一定都能安心回家了吧……我想。」

鎮上有這麼多燈點亮，所以絕對沒問題。不可能有誰被遺漏。

櫃檯小姐如此堅信，娓娓道出了這番話。

一如往常，她內心的想法全都用笑容隱藏起來。

聽到她這麼說，他微微漏出了不成聲的呻吟。

「……是啊。」

哥布林殺手，最終只說了這個，點點頭。

§

祀事的結束也意味祭典的結束，更是節慶之日的告終。

篝火熄滅的廣場人潮紛紛散去，只剩下天上搖曳的燈火依然照亮大地。

兩人不知是誰先邁開腳步，雙雙從瞭望塔走下地面。

當太陽完全西沉後，公會的大廳顯得更黑暗了。

就算對這裡面的擺設再熟，跟平常隨心所欲的情況還是不同。

「唔哇，哎唷……」

「小心。」

櫃檯小姐不經意一個踉蹌，立刻被哥布林殺手的臂膀攙住。

這種強而有力的觸感，讓她的心臟猛烈跳著。

漆黑一片真是太好了——她心想。

現在的表情，雖然不至於丟臉但仍不能讓別人發現。

只有自己的聲調不自覺尖起來這點，想要掩飾過去也很難。

「啊，對、對不起。」

「不會。」

哥布林殺手只是微微搖著頭，這麼表示。

「其實，還不錯。」

「咦……？」

「今天的事。」

「啊……」

「從早到晚。所謂休假，原來就是這樣。」

她的心臟又撲通猛跳起來。

我還真現實啊——櫃檯小姐自己也這麼覺得，不過關於這點也是沒辦法的事。

就算把利己的想法抹去了，剩下的愉悅感也不會被抵消。

「別、別這麼說，那個。呃……假、假如您有感到愉快的話……就太好了。」

「是嗎。」

正因如此，她才會像是要把他的手臂甩開般放掉，小跑步衝向公會入口。

在這麼暗的地方獨處，竟然會讓她緊張成這樣。

走到街上氣氛就會改變了。那樣會比較輕鬆。

這麼認定的她轉動門把……

「……咦？」

硬實的手感與聲響，讓她不解地偏著頭。

即使一片漆黑，哥布林殺手還是若無其事地向她走近。

「怎麼了。」

櫃檯小姐扭過脖子對他說「是我搞錯了嗎」。

「不，我剛剛應該沒鎖門才對呀……」

但此刻門卻被鎖上了。

當那聲響即將化為實體的剎那，哥布林殺手展開行動。

他以近乎趴地的姿勢飛身出去，抱住櫃檯小姐的腰將其拽倒。

「咿呀!?」

接著他又踢翻附近的桌子當掩護。

櫃檯小姐一屁股跌坐在地，而桌面被刀刃刺入也幾乎發生在同一刻。

「好、好痛，啊，究竟發生什麼事了……!?」

「去牆邊。背緊靠住。保持安靜。」

哥布林殺手低聲命令道，隨即拔劍出鞘。

他壓低姿勢，緩緩保持雙方距離，自掩蔽物向側面移動。

依然散發殺氣的刀刃從桌面被拔了出去，代表襲擊者尚未罷手。

對方的動線始終把門擋在背後，明顯不讓兩人有機會逃出去。

當然，哥布林殺手原先就沒有半點逃跑的打算。

在黑暗中蠢動的短小身影——矮男——只有凡人身高的一半。

「哥布林嗎？」

對方發出咻嚕嚕彷彿在嘲笑的淡淡腥臭氣息。沒有回答他。

隨後襲擊者便跳了起來。

對方將刀反手握住，有如肉食獸的獠牙對準他襲擊。

哥布林殺手則舉起圓盾防禦。鈍重的撞擊聲後，飛沫四濺。

「淬了毒啊。」

黏答答的汁液噴到了鐵盔上。幸好有面罩，眼睛不至於瞎掉。

敵人一個空翻落到地板上，雙方原本拉開的距離在對手立刻狂奔跳躍後又消失了。

隨之而來的刺擊被哥布林殺手用盾卸掉，接著以刨削對手側腹部的方式出劍。

火花四射，微微照亮了黑暗。

襲擊者的左手也拔出一把刀，而哥布林殺手則以劍揮開。

對方的武藝非同小可。無疑對劍術原理頗有心得。

「怎麼看……都不像哥布林。」

「哥、哥布林殺手，先生……！」

「沒問題。」

嘰哩——微微傳進耳裡的，是襲擊者的磨牙聲嗎。

櫃檯小姐的眼睛終於逐漸適應黑暗，但對手的面貌還是很模糊。

身穿皮甲與緊身衣，包裹的布不必說，就連臉上都塗滿了淡墨嗎……

「難不成是……闇人!?」

慘叫般的聲響正好就是信號。

襲擊者以左手將破空的匕首擲出同時，右手也緊接著發出一閃。

哥布林殺手的圓盾三度防住短刀，火花啪地迸散開來。

——是飛鏢（Darts）！

櫃檯小姐靠著這一點點光亮，一瞬間看清了追擊而來的暗器面貌。

「唔……！」

遭受連環攻擊的哥布林殺手被迫向後翻身仰倒，崩跌在地上。

被捲入的桌子也發出驚人聲響，在黑暗中揚起滾滾的灰塵。

「咦，啊，哥、哥布林……殺手，先生……？」

沒有回應。

鎧甲被無數的利器射中，就連輪廓都看得十分清楚。

櫃檯小姐完全呆掉了。

「騙人……」

「最好是騙人啦！」

愕然的櫃檯小姐，話聲被另一道大音量覆蓋。

不必刻意尋找聲音的主人，正是那個不停噴著口水大喊大叫的襲擊者。

「成功、成功啦！咿哈哈哈！這傢伙，都是這傢伙害的！」

襲擊者輕輕跳起來擊掌，發出嘎嘎嘎的噪音嘲笑著。

他踩著雜亂的步伐走向哥布林殺手，粗魯地踢了一腳。

「只會殺嘍囉的傢伙，要不是運氣好，哪能爬到銀等級啊！」

一下，兩下，三下，四下。

每當那傢伙用粗糙的靴子一踢，哥布林殺手的腦袋就會劇烈搖晃。

髒汙的鐵盔，宛如廉價人偶的頭部般無力，面罩金屬部分發出刺耳的噪音。

場面教人不忍卒睹。

明明幾分鐘前，他還是個陪伴在自己身旁，一起說話的人。

「住、住手……」

她微弱地低喃著，想必沒有要說給誰聽。

只不過，做為在她心中湧起的念頭，已膨脹得足夠巨大了。

「請你，住手！」

「……像這樣帶著一堆女人出去獻寶，簡直是礙眼到讓人受不了。」

襲擊者一個轉身射來尖銳目光，櫃檯小姐忍不住緊緊按住胸口。

「甚至還跟公會的職員這麼親密，這樣簡直是作弊吧？啊啊！」

要是剛才沒有說話就好了嗎？不，有些事是不得不說的。

後悔，以及打消悔意的反骨之心。那是當然的。他根本就沒有理由被人踐踏。
顏色妖異的毒液，從高舉的短劍上閃閃發光地滴落。
要不要拉高音量，設法叫誰過來？不，就算那麼做，也已經趕不上了吧。
「！」
至少，只有目光不能別開。
她打定主意狠狠瞪著對方，這種表情好像讓襲擊者感到更不悅了。
「別以為我會讓他死得痛快……！」
「是嗎。」
這冰冷徹骨的說話聲，彷彿一陣從地底吹過的風。
「——！」
「啊，哥、啵喔！？！」
櫃檯小姐瞪大雙眼，襲擊者則只能從口中冒出混濁的叫聲。
現場唯一能動的只有哥布林殺手。
他身上插著無數飛鏢，手裡的劍則像幽鬼般聳立而起。
穿過皮甲的縫隙，劍尖剜進了襲擊者的肺腑。

他抓住劍柄扭轉，攪動對手的內臟，襲擊者的口裡只能冒出啵啵的氣泡聲。從那傢伙反仰而不斷痙攣的身軀，氣力正伴隨著滴出的血不斷流失。

「哼。」

哥布林殺手用鼻子輕嗤一聲，踢了對手的背順勢拔出劍。

紅黑色的嘔血噴了一地，襲擊者已無聲無息地斷了氣。

「哥……」櫃檯小姐的喉嚨顫抖著。「哥布林，殺手先生……？」

「嗯。」

「您沒事吧!?傷勢呢!?」

「皮甲下有鍊甲。」

把慌忙靠過來的櫃檯小姐擋住，他淡淡地表示。

「飛鏢之類哪射得穿。」

只見他大剌剌地將刺在身上的飛鏢握住，一把拔下來。鏃的部位又黏又溼。上頭塗的應該是和短刀上同種類的毒吧。

哥布林殺手感到無趣似的說道：

「這傢伙動作很靈敏。論能耐，我未必能贏。」

既然這樣就只能靠偷襲等招式，對他而言是很合理的結論。正面交鋒的話勝算不大，那麼，避免直接交手才是上策。

但對櫃檯小姐來說可不是如此。

「我、我剛才還以為您死了……！」

不知不覺，她的眼眸滲出了水滴，化為淚珠落了下來。

一旦掉下第一滴淚之後就鎖不住了，在開始啜泣的她面前——

「唔……」

哥布林殺手低吟一聲，為了掩飾尷尬將長劍上的血甩掉。

「抱歉。」

「如果、要道歉，請一開始，就別這麼做……！」

「……我知道了。」

點了點頭，哥布林殺手用劍尖剝除襲擊者的面罩。

「咕……嗚，他是、闇人嗎……？」

「我沒聽過。」

櫃檯小姐邊抽噎，邊膽顫心驚地靠過去窺看。

闇人與森人的起源相同，是位居混沌陣營的有言語者（Prayer）。

因為有時也會返回守序陣營，所以無法被視為明確的不祈禱者……

除了少部分例外，他們通常生性邪惡，是個會對破壞律法及秩序感到喜悅的種族。

其種族的外表特徵與森人很像，具有尖銳的耳朵，另外就是肌膚呈淺黑色。

聽說他們的個子跟森人一樣高，但也有像這樣的矮子嗎？

「不過，這傢伙是闇人。」

「咦……」

被哥布林殺手這麼一說而重新檢視，櫃檯小姐也恍然大悟。

儘管黑又骯髒，但這傢伙的五官卻很眼熟。

若非如此，對方就沒有蒙面襲擊的必要了。

哥布林殺手踢了踢屍體的臉部，用鞋底去除臉上塗料。

「啊，這個人是……！」

敵人的真面目確實有印象，櫃檯小姐不由得用雙手摀住嘴。

「在之前的審查，被我們指正操守問題的……！」

恨意及不滿，怨念與憎惡讓這傢伙的表情扭曲了……但襲擊者確實是圃人盜賊。

對方應該被判了形同半放逐的處分才對，但不知是又跑回來，還是根本就沒離開。

哥布林殺手目不轉睛地俯瞰圃人的臉，加以打量。

「我有印象。」

「那是當然的囉，審查時不是見過面嗎？所以他剛才……」

「不。」

哥布林殺手搖搖頭。

「在酒館吃飯時，他在和其他傢伙密談。在那之前還在公會瞪過我吧。」

「所以，您是指……」

「假使他只想襲擊我，沒必要做這種易容。」

哥布林殺手沉吟著。

可能性，選項，該怎麼處理才好，不論怎麼想都無法導出獨一無二的正確答案。

不過對他而言，順理成章的結論，或者說該警戒的事物，只有一項就很夠了。

「哥布林們或許開始動了。」

如此斷定後，哥布林殺手把劍收回劍鞘。

「我要走了。能站嗎。」

「啊，呃……」

櫃檯小姐的視線游移著。

儘管她軟腿癱在地上，但還不至於無法動彈。

只是如果她說自己沒辦法動了，他會因此留下來嗎？

設法留他下來會比較好嗎？

「……我，沒事，的。」

櫃檯小姐努力說道，支撐似的用手抓住桌子。

哥布林殺手以襲擊者的面罩包裹飛鏢，收進小包包。

毒短刀則先把刀刃擦拭乾淨，夾進自己的腰帶。

他迅速檢整裝備，重點在被飛鏢刺中的位置。看來是沒問題。

「那麼，有勞善後。」

櫃檯小姐點點頭，以倒地的桌子撐起身體，搖搖晃晃地站起來。

究竟發生了什麼事，又正要發生什麼事？她不明白。也不甚想理解。

只知道節慶之日結束了。已經不再是幸福的一天。

「……這樣啊，嗯，也對。反正我，也不可能弄清楚每一件發生的事嘛。」

既然如此，自己勢必得恢復成櫃檯小姐，而他恢復成冒險者，雙方都得回到原本的崗位才行。

「請您，加油！」

說完，她強迫自己浮現最燦爛的笑容，哥布林殺手回應了。

只有短短一句話。

「交給我。」

搞砸了。

是的，就連心地溫柔的『幻想』女神，偶爾也會有失敗的時候。

祂找到一個住在貧村裡，精神十足的女孩。

發現她單相思的男生罹患了惡疾。

為了讓女孩拿到治療的藥，祂設計出劇情發展的路標。

將能幫助女孩、值得信賴的同伴們引導到女孩身邊。

應該要成為障礙的洞窟與怪物等等，也調整成女孩能取勝的程度。

準備萬全。順風揚帆。於是女神守候著進行精采冒險的那群女孩們。

終於要決戰了！使盡全力擲出的骰子點數是……

咦咦，結果竟完全出乎意料。

不知是不幸還是運氣太壞，女孩們的劍與咒語都大大落空了。

另一方面，原本不怎麼樣的怪物卻使出了會心的一擊，將女孩們一舉擊潰。

這個世界究竟是被宿命或偶然支配，就連神明大人也不知道。

正因如此，只有骰子的點數才是絕對的。起手無回。

當然就算重扔一遍，點數也不見得會更好，但這姑且不討論。

最後，『幻想』女神非常細心守候的冒險者們喪命了。

哎，這也是常有的事。不幸已經釀成。既然木已成舟，後悔也無濟於事。

哀嘆少女們的冒險到此告終。該準備讓下一批冒險者上場了。

在那之前，女神大人鑽進床上的毛毯，把臉埋進枕頭裡哭泣。

跟其他許多人一樣，祂需要花一點時間才能重新站起來，在那之前只能不斷啜泣。

問題出在『真實』之神。

那位神明最終無法得到少女們，於是便盯上了在洞窟深處的詛咒生物。

畢竟『幻想』女神太優柔寡斷了，既然祂不用，『真實』之神就要搶去用了！

如果不準備那些艱困試煉的話，冒險者就失去挑戰的價值。

不管是魔王、邪神，甚至讓古代未知的遺物復活。

從未見過的陷阱，永遠走不出來的迷宮，令人恐懼的怪物，詭異的委託人、背叛、陰謀！

倘若已成為熟練的冒險者，應該不至於接受沒仔細調查過的委託而遭遇失敗吧！

當『幻想』察覺『真實』非常開心地準備了難題時，事態早就難以挽回。

總不能現在才阻止對方吧，但再這樣下去，事情將變得非常難收拾。

那麼那麼，『幻想』的女神大人究竟該怎麼做才好呢——……？

# 第5章 『顛覆腳本』

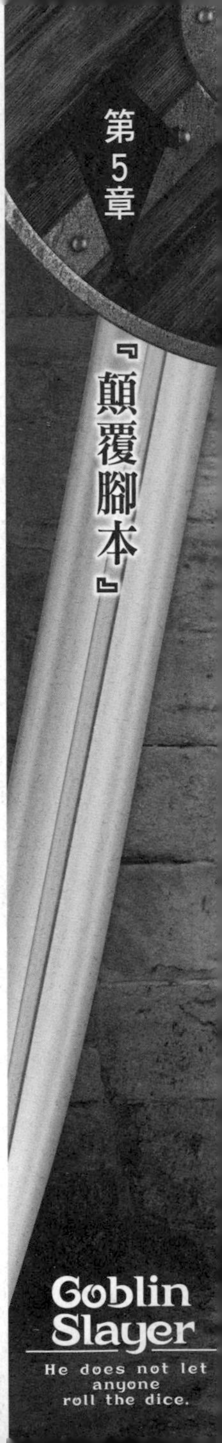
Goblin Slayer
He does not let anyone roll the dice.

「唔喔，那啥那啥!?」

「何方神聖啊，那個髒兮兮的冒險者……」

「那傢伙，不就是哥布林殺手嗎？」

「哥布林殺手？」

「就是剿滅哥布林的專家啊。」

「所以，他那模樣也是為了剿滅哥布林？」

「因為是哥布林殺手嘛。」

「什麼，原來是哥布林殺手啊。」

「喂～你們要小心哥布林喔——！」

在依然沉浸祭典餘韻的民眾縫隙間，哥布林殺手就像一根銳利的針縫了過去。

髒汙的皮甲，廉價的鐵盔，不長不短的劍，以及小圓盾套在手臂上的身影。

雖說就算是新手冒險者的裝扮都比他體面多了，但他的蹤跡卻迅速融入了紛亂人群中。

即便有時會被當作怪胎看待，卻沒人不認識他這號人物。

公會位於小鎮的入口，而城鎮大門就在公會旁邊。

拋下櫃檯小姐衝出去的他，毫不猶豫就以邊境小鎮外為目標奔跑起來……

「哥布林殺手先生！」

銀鈴般的叫聲，從後頭追了上來。

連頭也不必回。哥布林殺手很清楚這個聲音的主人。

「妳來了。」

「是的。因為神諭……這麼告訴我，所以！」

她正是雙手緊握錫杖……不，祭典法杖的——女神官。

這位上氣不接下氣拚命跑來的少女，此刻依然穿著單薄的戰鬥裝束。

因此大家視線集中的對象不是哥布林殺手，而是她。

儘管害羞到面紅耳赤，她依然繃出一副嚴肅認真的表情。

「神命令我去哥布林殺手先生身邊……所以到底是——？」

「當然是哥布林囉。」

穿過大門後，一旁無聲無息地飄出了一個身影。

凜然的語調，苗條纖細的身軀。只見妖精弓手搖著一對長耳，瞇起貓咪般的雙眼。

「既然歐爾克博格都跑起來了，就不可能是其他理由吧。」

「誠然，誠然。」

「哈，嚙切丸就是這樣。行動總是很好理解啊。」

隨後又接連晃出了兩道人影。

巨大的蜥蜴僧侶用奇妙的姿勢合掌，礦人道士則一臉愉快地捻鬚。

三人身上都各自帶著樣式不同的武裝，已做好了戰鬥的準備。

「……嗯唔。」

哥布林殺手沉吟了一聲，停下腳步。

他轉頭環視眾人的臉。表情隱藏在鐵盔下無從得知。

「為啥你都還沒出聲大家就湊齊了，你是想問這個吧？」

然而他還是感到一頭霧水，其實答案很簡單。妖精弓手自己說出來了：

「拜託，千萬別小看森人的耳朵好嗎。」

只見她得意洋洋地擺動自豪的長耳給他看。

「在酒館偷偷摸摸講話的傢伙都逃不過我的耳朵，這種事前的情報收集我當然不會錯過囉。」

妖精弓手豎起細而美麗的食指，靈巧地在空中畫了個圓。

「一次冒險！包括我跟大家，所有人都參加。相對地，你也要讓我幫你。」

「……是嗎。」

哥布林殺手點頭同意了，妖精弓手的長耳劇烈顫動起來。

「啊，等等，喂！你沒有其他話好說嗎？例如感謝我啊！瘋狂誇獎我啊！」

「不……」

他似乎有點躊躇。感覺就像……連自己也不知該說什麼才好的樣子。

哥布林殺手努力思索用語，接著他才淡然地——不過很肯定地面對大家出聲。

「……抱歉。幫了大忙。」

「請別客氣。」

女神官忍不住噗哧一笑。

她依然懷抱著祭典的法杖，從下往上仰望他。

「我們不是同伴嗎？」

「是嗎。」

哥布林殺手點點頭。

「……的確。」

這番話讓四位冒險者彼此相視，然後愉快地笑了。

這群人明明待會就要去面對某種事態，卻一點亢奮的樣子都沒有。

那是因為節慶之日結束了，現在只不過是返回日常生活。

對冒險者來說，唯有從事冒險，才叫日常。

「雖然叫我們別客氣，但小丫頭妳穿成這樣，眼睛可有點不知該往哪擺喔？」

礦人道士捻捻鬍，咧嘴開了個玩笑。

妖精弓手聽了露出「真噁心耶」的傻眼表情，一旁的女神官則慌張地揮著手。

「咦？啊，我、我，這是因為先前的祀事……來、來不及去換衣服……」

「貧僧倒是覺得很合適。那麼……」

蜥蜴僧侶的眼珠骨碌碌地轉了轉，支著下顎笑了。

「小鬼殺手兄認為呢？」

哥布林殺手淡淡地表示。

「不錯。」

「呼耶!?」

吃驚的不只是女神官而已。

在滿臉通紅的她身旁，方才提問的蜥蜴僧侶也不知該怎麼答話，吐出舌頭。

妖精弓手開始認真擔心哥布林殺手是不是生病了，礦人道士也全身凍結。

環視上述所有人後，哥布林殺手這才補充：

「我指情勢。」

這時所有人才嘆了口氣。女神官則鼓起臉頰陷入沉默。

「……暴風雨好像快來了啊。」

妖精弓手喃喃說道，哥布林殺手頷首後迅速開始說明。

「在公會瞭望塔看到四方有黑影。恐怕是哥布林。」

「啥!?」

礦人道士瞪大眼。才剛飲下的酒也差點噴出來，趕忙把口中的液體用力嚥吞下。

「這麼說來不就慘了？上次那麼大一群，光收拾就麻煩得要死吧？」

「唔。不如就效法前次，向其他冒險者請求支援如何？」蜥蜴僧侶道。

「不……」

他話沒說完，鐵盔就轉往小鎮方向。

節慶之日結束。祭典結束。人人都走在回家的路上。

或者還有人沉醉在餘韻中，搖搖晃晃，彷彿很惋惜般繼續開懷暢飲。

這座小鎮裡，住著形形色色不同種族、不同職業的人們。

但身為冒險者這點，是完全相同的。

哥布林殺手思索著。

重戰士的事。女騎士的事。

少年斥候的事。少女巫術師的事。

見習戰士的事。新手聖女的事。

然後還有長槍手，以及魔女的事。

「……這次。」

哥布林殺手冷靜思考過後，緩緩搖頭。

光是編織出言語，就不知需要多少勇氣。這是之前學到的教訓。

交給運氣決定——世界上還有什麼比這更恐怖的事嗎？

他隔著鐵盔望向女神官。她一臉緊張，但依然積極向前。

她曾說過，這才不是碰運氣。

哥布林殺手緊握拳頭。

「靠我們，就夠了。」

「可是我說啊，嚙切丸。」

礦人道士一邊檢查包包裡的觸媒一邊問。

「敵人數目一多起來……不會像上次一樣束手無策嗎？」

「當然。」

哥布林殺手若無其事地回答。

「在平原上怎麼可能單獨對抗小鬼大軍。」

「難道這次不是？」

「對手分散了。各隊人數不多。也無法協同作戰。而且我事前準備過。」

對平靜列出要點的哥布林殺手，妖精弓手瞥了一眼。

「事前準備……話說回來，歐爾克博格又為什麼能預測哥布林會來咧？」

「要是找到玩傻醉倒的哥布林巢穴，我一定會毫不猶豫殺進去。」

「……啊，是喔。」

沒有比這個更明確的答案了。

「加緊腳步。其他我邊移動邊說明。」

說完哥布林殺手便衝了出去，一行人則在後追逐他的腳步。

離開馬路闖進森林中的獸徑，穿越草叢與樹林的縫隙，大夥三步併兩步地狂奔著。

他奔跑的速度並不遜於真正的獵兵，而所有人都紛紛以精確的路徑跟隨他。

倘若跟不上走在最前面的斥候腳步，在遺跡可是足以喪命。

「你們知道剿滅哥布林的委託變少了吧？」

「真要問這件事，答案是不知道。不過委託變少又代表什麼嗎？」

輕鬆掠過他身旁，妖精弓手擺動長耳朵回應。之後她便配合大家的速度。

畢竟女神官本來就慢，蜥蜴人與礦人也稱不上生來就很敏捷的種族。

「他們是掠奪種族。不去搶其他人就無法維持勢力。」

「不是因為嚙切丸你太常去剿滅他們了，所以才出現這種結果？」

對礦人道士努力擺動五短身軀的跑步動作投以一瞥，哥布林殺手稍稍降低速度答道：

「不可能。」

「這又是為什麼？」

「那些傢伙，上次並未對擄走的女孩出手。假使數量真的減少，應該要以繁殖為優先。」

哥布林上回並沒有凌辱那些女孩。

那就跟龍不儲藏財寶，死靈法師不收集屍體一樣詭異。

以爬行姿勢壓低身體前進的蜥蜴僧侶，扭動尾巴咕噥了聲「嗯」。

「換言之……有其他人協助供給物資，或擄送少女給他們吶。」

「啊，這麼一說……」

女神官彷彿驀然想起某段記憶般低呼。

蜥蜴僧侶為了催促她繼續說下去，用尾巴指向她懷裡的法杖。

女神官笑著婉拒「是否要幫忙拿？」的提議，接著說道：

「……那些哥布林們，身上的裝備都很齊全呢。包括鎧甲、武器等等……」

「既然這段期間並無掠奪之實，即代表有某個頭目在提供他們裝備吧。」

「對。」

哥布林殺手點點頭。

例如之前在遺跡遭遇過，那隻謎樣的巨大怪物。

或是在水之都地下水道對峙的那種不知名眼珠怪物。

既然哥布林只是混沌陣營最底層的爪牙，其首領就不僅限於哥布林。

「我不清楚頭目是誰，也沒興趣。但——……」

那問題對他而言只是枝微末節，終究無關緊要。

「我在小鎮四面八方，他們慣走的路上都設了陷阱。打擊漏網之魚。」

敵人是哥布林。除此之外什麼也不是。

率領這群以無奈表情相視而笑的同伴，他只是專心一意地繼續奔跑。

畢竟，就像對冒險者而言，冒險才是日常生活……

「讓仰賴數量的哥布林分散，真是群門外漢。」

專殺小鬼之人的日常，即是剿滅哥布林。

**「我就來教育你們。」**

在遙遠彼方，雷神已扯開祂的嗓門。

§

哥布林大軍終於抵達了邊境小鎮。

小鎮北方。四支隊伍中的第一隊有十五隻，他們對在『白晝』行軍打從心底感到歡喜。

那是因為，在這數月內受到『大將』下達的方針規範，他們都被迫禁欲。

不論怎麼對他們保證之後可以盡情大鬧，忍耐的期間還是很痛苦。

對哥布林而言，今朝有酒今朝醉。比起未來的承諾，眼前先享受才是重點。

他們並非無法規劃未來的蠢貨，而是不這麼做就無法存續的生態使然……

總之，哥布林們此刻都很飢渴。

他們很餓，餓極了，此外又很無聊，急於找樂子。

襲擊、蹂躪那些悠哉舉辦祭典後大吵大鬧睡著的傢伙，一定是無上的享受吧。

就是因為懷抱這樣的念頭，他們的士氣極為高昂。

儘管身上穿了雜七雜八的許多裝備，組成隊伍前進的小鬼們依然健步如飛。

夜晚才剛降臨而已，儘管『早晨』仍讓他們有些睏意，但從現在起才是屬於他們的時間。

還有什麼能讓他們恐懼、讓他們躊躇呢？

「GROOBR……？」

「GROOB！GOROBBR！」

然而這時，他們卻猛然停下腳步。

隔著雲層的朦朧月光微微照亮獸徑，有根繩子繃緊在路上。

哥布林們對看一眼啞然失笑。真是的，人類這種生物還真蠢啊。

他們用粗糙的槍尖挑斷繩索，一旁的樹叢就發出了沙沙的聲響。

定睛凝視，那裡面有用繩子串起木板吊高的簡易裝置。

就連哥布林們都知道，這玩意叫梆子（Alarm）。

一想到這玩意的用處，小鬼們彷彿在嘲笑般一腳把裝置的殘骸踹飛。

「GROROBR！」

「GOBRR！」

重新開始行軍。

打頭陣的隊長階級揮揮手，哥布林們便笑嘻嘻地邁步而出。

距離祭典的場地已經沒多遠了。就是今夜，對哥布林來說的節慶之日。

以混濁的破鑼嗓子哼著刺耳的歌曲，骯髒小鬼們沿路進軍。

而他們全體，都沒察覺冒險者們正躲在樹叢裡進行監視。

「哥、哥布林殺手先生，陷阱，已經被突破了耶……!?」

女神官以悲痛的表情回望哥布林殺手，整個人都呆掉了。

「那原本就不是陷阱。是誘餌。」

「……呃，呃。既然這樣，現在該怎麼辦？繼續等下去的話……」

「看下去就知道。」

說到這，突然有「乒」的聲響傳來。好像有什麼彈出來了。

哥布林們能否發現這件事呢？

宛如有條繃緊的弦被鬆開的聲響，事實也是如此。

下一瞬間襲擊哥布林小隊的，是從樹叢中射出的尖銳木樁槍……不，應該說是巨箭。

尖端被仔細打磨過，又長又粗又鋒利的木箭矢。

那玩意被猶如大弓的粗樹枝彈射出來，一直線撲向了哥布林們。

「GROOROB!?」

「GOBR!?」

地獄般的哀號響起。小鬼受到致命的劇痛侵襲，發出刺耳的臨死慘叫。

在被貫穿的哥布林當中，當場死亡的已經算幸運了。

假使沒有馬上死，就只能和其餘同伴的肚子串在一起，根本拔不出來，在原地慢慢等待斷氣。

當然，再怎麼順利也不可能一網打盡。

「GOORB！GOBRR！」

也有些傢伙躲過木槍的一擊。他們發出滿是悲哀與憎恨的叫聲，手持武器衝了出去。

那些傢伙到底打算逃跑還是繼續前進，最後也無從得知了。

因為哥布林殺手與蜥蜴僧侶，從樹叢飛跳出來對他們揮出利刃。

「試射微調的辛勞值得了啊。」

「喔喔！明鑒吧！將此榮耀獻予父祖！」

貫穿心臟，撕裂喉嚨，擊碎頭骨，挖出內臟，哥布林發出悲鳴。

這當中還混入了蜥蜴人特有的高亢祈禱聲，在夜色下迴盪。

屠滅異端讓蜥蜴僧侶感到欣喜，這也是其使命。

也就是說，雖然跟哥布林殺手動機不同，但追求的目的是一樣的。

相對於冷靜冷酷的哥布林殺手，蜥蜴僧侶渾身充滿了高揚的戰意。

「十三、更正十四……這可來不及數吶！」

「不，十五。」

沒多久戰鬥就告終，小鬼們悽慘地曝屍荒野。

再贅述一次，被箭矢貫穿後立即死亡的哥布林真的算幸運了。

「嗚……哇啊。」

目睹這樣的慘狀，原本在樹上把木芽箭搭上大弓的妖精弓手感到十分無力。

本來她的工作是用箭射穿逃跑的漏網之魚，但看來是不必了。

不過，呃，像這樣的——

「我越來越覺得，無法理解歐爾克博格在想什麼……」

「我想的就是這個。」

「……拜託饒了我吧。」

妖精弓手輕飄飄地自樹梢降落。無聲無息，甚至草木枝葉都沒有半點擺動。

然而說真的，她不想再看到第二次了。冒險中使用這種東西誰受得了？

「除了剿滅哥布林，禁止用這種陷阱！」

「唔……」

「哎，視情況再商量看看吧。」

如此悠哉表示的人，是以節省法術為原則，和女神官一起待在後方的礦人道士。

他「唔」一聲捻著白鬚，同時實際檢查剛剛發揮莫大威力的陷阱。

掛著警報器的繩索，原本拉住了位於遠處的粗樹枝。

把綁緊後彎折的樹枝當作弓，削尖的樹樁為槍，加以固定。

之後只要誰把繩索弄斷，樹枝就會彈回原狀，而木樁也會發射……這是形式很原始的弩砲（Ballista）。

「很簡易的陷阱嘛。不過相形之下卻極有效，這玩意歷史悠久囉。」

「原本是狩獵用。」

哥布林殺手毫不猶豫，就將和襲擊者戰鬥過後刃變鈍的劍拋棄。

「你從哪學會的？」

「姊姊。」他簡短答道，並開始搜刮哥布林的屍體。「父親原本是獵師。姊姊從父親那學的。」

接著他挑了一把合適的劍撿起來，檢查過劍刃後收進鞘內。

「還是需要點訣竅。哥布林們首次見識一定不懂。」

「困難之處在於設置需要時間以及好的地點，是吧。那麼小鬼殺手兄，接下來打算如何？」

把牙刀上的血甩掉後，兩手抓著武器的蜥蜴僧侶以舌頭舔了舔鼻尖。

「我有主意。」

哥布林殺手，微微歪斜頭盔。

「……結束了嗎？」

「啊，是、是的！」

剛剛在替亡者祈求安息的女神官用力點頭，並站起身。

接下來還會有其他殺戮吧。所以現在沒時間埋葬此處的屍體了。

不過哥布林殺手還不至於干擾她的祈禱工作。

「地母神的力量還很強大。我想今晚應該不至於化為亡者。」

「知道了……還有收到其他神諭嗎。」

「不。」女神官搖搖頭。「……只有之前那一次，應該吧。」

「是嗎。」如此咕噥完後，哥布林殺手點點頭。

他並沒有抱怨，而是接受了女神官的行動。

哥布林殺手跟她交班似的跪到屍體旁，將小鬼的短劍別進自己腰帶。

為了確認還有沒有其他堪用的東西，他伸手進屍體懷裡掏摸，同時望向妖精弓手。

「情勢如何。」

「這個嘛……等我一下。」

她閉起眼睛，同時讓一對長耳微微顫動。

礦人道士也噤口不語，剩下的只有寂靜——不，還有風聲。草葉搖動聲。動物們的呼吸。蟲叫。雷鳴。另外還有——

「……西邊，感覺有點騷動，下一批應該是從那邊來吧。東邊也有……」

「是嗎。其他方向呢。」

「我比較在意的是南邊丘陵那裡，雖說還很遠……」

妖精弓手喃喃說著，一對長耳無助地晃動。為了聞空氣裡的味道，她又抽了抽鼻子。

「大概是快下雨了吧，轟隆隆的雷聲越來越強了。」

「唔嗯。」哥布林殺手發出呻吟。「怎麼看？」他問蜥蜴僧侶。

「……今晚的天候，站在敵人那邊。隱身於雨幕下對他們來說正好。」

蜥蜴僧侶用舌頭舔舔鼻尖，喉嚨發出低沉的咕嚕聲。

「貧僧等人非得把敵方盡數殲滅，但敵方只要有一、兩隻進入小鎮，便是他們贏了。」

「得加緊腳步。」哥布林殺手簡短地表示。

「還有不知道為什麼，那雨雲……讓我有種不好的預感。」

女神官的纖細肩膀為了寒冷以外的理由顫抖，一邊小聲嘀咕。

「該說是混沌的氣息嗎……感覺，並非自然的產物……」

「唔……」

森羅萬象無所不知的妖精弓手，以及身為司掌大地之神使徒的女神官，不約而同表現出不安。

那是哥布林薩滿或幕後黑手用某種法術引發的——或許該這麼猜想吧。

與力量如此龐大的小鬼遭遇，哥布林殺手過去也未曾經歷過。

然而就算沒有這樣的經驗，也不能直接推論這樣的小鬼不存在。

發揮想像力、創意，對奪下勝利也是必要的。

陷入沉思的他，思緒之所以被打斷，是因為有人啪一聲用手掌使勁拍打他的背。

「什麼嘛，嚙切丸，何必鑽牛角尖呢。」

是礦人道士。與身高相反，臂力倒是十分驚人的這位礦人，再度拍打哥布林殺手的背部。

「怎麼？就我來看戰局打一開始就完全不平衡。像以前那樣幹就行啦。」

哥布林殺手聽了，點點頭。

「……嗯。」

原本，這場戰鬥就不可能太從容。

我方勢單力薄，對方人馬眾多。

更精確一點說，若他不像這樣東奔西跑倉皇應戰的話，勝算只會更往下掉。

之所以可以不必如此疲於奔命，唯一的理由，就是有這些隊友並肩作戰。

他不知道自己該如何回報這份恩情。

儘管不知道，但他在心底起誓，下次只要有冒險的邀約，他必定會參與。

雖然陷阱不知為何被禁用了——不過他還有其他許多應付手段。

「那些傢伙……打算從東西一起接近。是想夾擊吧。」

起身後，哥布林殺手這麼說道。

「接下來，用砸的。」

§

以結果而論，正如他所言。

轟隆隆的雷鳴聲中，潛蟲們微弱的鳴叫聲中。

自西側進軍到樹林的小鬼們，抵達可以確認小鎮燈火的距離，停下腳步。

前方有人影。

是想隱蔽於他們去路的茂密植被裡嗎？好像有某個人靠著樹木站立。

鐵盔稍微露了出來。不會錯，想必是冒險者之流。

率領隊伍的小鬼——不是因為他自願或擁有人望——做出「停止」的手勢。

對部下中的一隻招招手，接著又把自己手裡的長槍塞過去。他要部下去刺那個人影。

「ＧＲＢＢ。」

「ＧＯＯＢ！」

小鬼對搖頭拒絕的傢伙狠狠揍了一拳，又朝部下的屁股把他踢飛出去。

被塞了長槍的哥布林只好不甘不願、膽顫心驚地走上前。

人影還沒有動。那隻哥布林用力嚥下一口唾液。

手持粗糙的長槍，只見哥布林奮力對人影使出刺擊。

對哥布林來說，這算是十分完美的一擊了。至少足以奪走人類的性命。

咚一聲，長槍傳來刺到東西的手感。

頓時那個人影歪斜，無聲無息地倒下。

哥布林們都很單純，對此結果感到慶幸，紛紛走向人影周圍。

所以等他們發現已經太遲了。

一頂生鏽的鐵盔嘎啦嘎啦滾落地面，沙包上用粉筆畫的人臉也露了出來。

——不是人類？

下個瞬間，重物被移開的繩索帶著滑輪猛烈旋轉，並令死亡襲向小鬼們的頭頂。

「——！」

「——!?」

這裡所謂的死亡，是指將木樁綁成圓形做出的刺球。

被繩索捆起的刺球，順著滑輪的轉動力量砸下，毫不留情地掃倒小鬼。

冒險者會將刺鐵球稱為「你好，去死吧！」不是沒有原因的。

以重力加速度撂倒小鬼群的刺球，因反作用力而像鐘擺般晃動，回過頭來又是一掃。

即便想發出慘叫，但張了嘴也喊不出聲音。不單只是這樣，連提醒同伴小心的警告都沒有。

真要說起來——是根本沒有半點聲響。

「『慈悲為懷的地母神啊，請賜予靜謐，包容我等萬物』……」

果不其然，這是神蹟帶來的。

白衣在風中飄逸、高舉粲然法杖的女神使徒，正朗朗地詠唱聖句。

是『沉默』——諸神回報她虔誠信仰的證據。

佇立於小鬼前方的女神官，有地母神的祝福賜予守護。

然而有幾隻被同伴撞飛而僥倖存活的小鬼，卻還不至於因此懼怕她。

只要不是自己，不論誰犧牲都沒差，但同伴被殺卻會點燃怒火。

哥布林就是這樣的生物。

「——！！！」

伴隨無聲的戰嚎（War cry），手持粗陋武器的哥布林們殺向女神官，蜂擁而至。

沒多久少女就會被小鬼們拽倒，被瘋狂蹂躪，甚至五馬分屍吧。

不過，他們應該要知道才對。

後衛角色是不可能單獨對付哥布林的。

「——!?」

小鬼正在猛衝的時候，當中有隻突然翻倒在地。

其他小鬼嚇得停下腳步窺探，只見摔倒的那傢伙額頭上竟多了一箭。

啊——正當小鬼這麼想的瞬間，其張開的嘴就被木芽箭插入，並從後腦鑽了出來。

有道是高度熟練的技能（Skill），會令人錯以為是魔法（Spell）。

沒有什麼比這個更適合形容妖精弓手——森人的弓術了。

天生的詩人所具備的感性，有時連神代延續至今的森人也難望其項背。

連破風聲都聽不見，小鬼們就像遭箭矢收割般一隻隻被撂倒。

名副其實的連續射擊——卻也不能完全阻擋陷入混亂狀態的小鬼。

最後一隻小鬼還是逼近了女神官面前——……

「咦？呀！」

伴隨令人脫力的喊聲，她手中的法杖一起揮出，用力打在敵人身上。

而當小鬼踉蹌時，又有兩、三枝箭射進去……戰鬥到此結束了。

「呼……哈……」

「辛苦囉。妳還滿行的嘛。」

目睹在眼前崩倒的屍體，女神官激烈喘氣、上下起伏的肩膀，被妖精弓手輕拍了幾下。

「謝、謝謝……嗯，總算撐過去了。」

儘管臉頰被汗水濡溼，女神官依然堅強地微笑著。她扭了扭差點就軟下去的膝蓋。

「啊啊真是的。」妖精弓手笑道，使勁撫摸她的腦袋。

「咿呀!?」

「一般人聽說自己要當誘餌，應該會更生氣才對吧？」

「不……嗯，是像妳說的一樣沒錯。」

女神官眨了眨眼同時毫不遲疑地表示「但這是交付給我的任務」。

「歐爾克博格他啊，真的很不在意這種事耶。我覺得妳至少可以賞他一巴掌喔。」

「啊、啊哈哈哈……」

畢竟都是託妳的福，戰果才這麼斐然耶？妖精弓手氣呼呼地埋怨道。

女神官什麼也沒說，只是以困窘的表情拾起腳邊的頭盔。

那是一頂陳舊、長了赤黑鏽斑的鐵盔，跟哥布林殺手戴的那頂一樣。

這大概是過去他使用了很久、只為了日後可能會派上用場才特地保留下來的吧。

女神官用手掌撫過頭盔表面。真是的——她的臉頰肌肉放鬆下來，喃喃說道。

「真的教人拿他沒轍呢，那個人。」

那麼，那位『拿他沒轍的人』，現在怎麼了呢？

不消說，他正在殲滅哥布林。

§

「哼。」

咻一聲飛過去的石塊，打碎了哥布林的腦袋。

踉踉蹌蹌的小鬼軀體仰躺倒下，砰，彷彿深深沉入般消失在幽暗中。

「GOROOG!?」

不，只有用人類的眼睛看才會覺得那傢伙消失了。

若以非人的小鬼夜視能力，同伴的末路可是看得一清二楚。

在挖穿大地的穴底，哥布林的身影被倒長出來的幾根木樁貫穿，已然氣絕。

「GRRROROR！」

「GORRRB！」

雖然只是落穴(pit)，但卻不能小看落穴(pit)。

小鬼們並不知道，在迷宮裡有許多冒險者都是被這種陷阱奪去性命。

不過就算是哥布林，也不會蠢到只是毫無對策地前進。

當走上這條獸徑的第一隻小鬼掉進洞裡死去時，他們的行軍就停止了。

在他們眼前各處，散落著顏色鮮豔的小石子。

哈哈啊，這是記號嘛。

哥布林小隊的頭目這麼想，下令部下避開小石子前進。

第一步順利通過。第二步也是。三步、四步——然後，是第五步。

張開血盆大口的落穴，又吞噬了一隻小鬼。

「GOROOB!?」

「GROOROB!GOROBOB!」

哥布林們陷入恐慌狀態。那裡明明沒有顏色鮮豔的石頭啊？

其實有顏色的石子根本不是什麼記號，單純只是引他們上鉤的假餌罷了。

如今這群哥布林們，已經被引入了落穴群的正中央。

他們進退兩難。

之前那五步只是運氣好，沒人敢保證他們能全身而退。

「GROB!GOROROB!」

「GOOOROBOG!」

小鬼們立刻出現內訌。

有人把責任推給剛剛下令前進的頭目，頭目則把錯推給部下。真是醜陋的紛爭。

疑心生暗鬼而進退失據的哥布林們，根本沒發現自己已經中計了。

為了這個目的，哥布林殺手才刻意在洞穴上方也放了小石子。

此外哥布林殺手也沒有蠢到，會錯失這個奇襲的大好機會。

咻地石塊一顆顆飛來，擊碎了這群哥布林。

雖然驚慌失措的小鬼們抱著必死決心，七零八落地擲出標槍或石頭……

但那全都被他用沙包築起的掩體擋住了，毫無作用。

「哎呀哎呀。早知道把長耳朵帶來我們這不是更妙嗎？」

用粗短的手指將石塊套在繩索上，礦人道士抱怨道。

對他而言，投石索只是備用武器，正職還是術師。

「不行。」

哥布林殺手淡然射出石塊並喃喃自語著「十九」後說道：

「她的耐力不高。進行堡壘戰時，發生什麼不測會很危險。」

「所謂不測……想必是指薩滿之類的吶。」

蜥蜴僧侶則忙著把石塊撿到兩人腳邊，同時將鼻頭以上從沙袋上方探出來。

右邊有兩隻，左邊也還有幾隻嗎——哥布林殺手確認他指出的敵人數量。

哥布林殺手說「沒錯」並點點頭，礦人道士也咕噥了一聲「唔」。

「哎，雖然長耳丫頭的胸部堪比鐵砧，不過跳來跳去閃躲的樣子才比較像她唄。」

「但，我很在意一點。」哥布林殺手道。

「她那完全不會晃的貧乳？」

「不是。」

他斬釘截鐵地否定，並從沙包縫隙瞪著軍心大亂的小鬼們。

「一隊十五隻從四個方向，估算共六十隻……有看到高階種嗎？」

「就貧僧所見，全都是普通的小鬼。」

「我也跟長鱗片的一樣。不過長耳朵那邊，或者剩下最後那隊搞不好有？」

「沒有術師、騎兵、王、肉盾。此外攻擊時機也沒有完全協調好……？」

哥布林殺手低語道。

「總覺得被小看了。」

礦人道士也點點頭。他臉上的開朗雖然沒有消失，但卻多了幾分嚴肅。

「即使以哥布林那種頭腦，應該也不至於如此吧。」

「他們雖笨，卻不傻。」

「換言之。」蜥蜴僧侶搖搖尾巴。「尚有個名號不詳的指揮官，胸有成竹地下達了這種指令吶。」

「可以這麼認為。」

最後一隻。哥布林殺手喃喃說了聲「三十」並砸碎那顆腦袋。

確認屍體掉進了落穴，他才從沙包堡壘中起身。

「跟同伴會合，去南邊加強防禦。」

「南邊，不就是牧場的方向嗎？」礦人道士這麼問。

「沒錯。」

哥布林殺手答道，接著又輪到蜥蜴僧侶提問。

「牧場一帶可有陷阱？」

「沒有。」

「即便如此，仍要去牧場那迎擊？」

沒問題吧？礦人道士的口氣與其說是疑問，更接近單純的確認。

哥布林殺手則這麼表示：

「真要說來，他們以為自己是來襲擊的一方。其實錯了。」

也就是說。

「哥布林就該殺光。」

這時，天空降下的第一滴雨，掉在哥布林殺手的鐵盔上又彈開。

決戰將在雨中。

# 間章

## 『幕後黑手在後臺得意忘形的故事』

Master scene



那是一場漫長而艱苦的戰鬥。

然而，如今在他眼前被悽慘搗爛的屍體共有五——不對，是六具。

只能勉強看出原形的全新武具，是過去主人們殘留的紀念物。

說起即使深感不妙仍勇敢應戰的那群少女，卻被小鬼們迎頭痛擊……

——是不是該讓她們活下來比較好？

一想到這，他就緩緩搖了頭。真是毫無意義的假設。

最初是擔任前鋒的少女被敲了一棒，其可愛的前額如果沒被打碎，自己在當下就會喪命了吧。

那不知是命運或機會，還是神所指使的致命一擊。

要說那一擊決定了戰鬥的結果，一點也不為過。

不管是黏答答的溼氣，腐敗帶點甜味的臭氣，還是刺骨的寒冷，對現在的他來說都很舒暢宜人。

儘管光線昏暗在他看來四周也如白晝一般。眼底下，蠢動的小鬼們既愚昧又惹人憐愛。

對那些闖入洞窟深處祭祀場的冒險者們，他們會勇敢地前往迎擊。

儘管小鬼不是出於忠誠，而是為了欲望行動，他的性命因此得救卻是千真萬確的。

他身上負有使命（Quest）。

那是來自遙遠黑暗的彼方，由混沌諸神親自下達，無比重要的使命。

每當回顧那些神諭，他都會因歡喜而全身顫抖。

被諸神直接賜下神諭，可不是那麼頻繁發生的榮譽。

如果說接受神諭的冒險者將成為英雄，那麼被混沌賦予神諭者就能以梟雄之名不脛而走。

這是通往死亡與光榮、名譽與傳說的大道。而功成名就的關鍵，就掌握在他手中。

妖氣沖天的手指攤開鉤爪抓住虛空，那是一座造型詭異的手臂雕像。

剩下的就只差活祭品了。

然而——以目前的量而言，絕不能說十分充足。

看來小鬼們得收集更多活祭品才行。不過假使那樣還不夠的話……

這種時候最好的辦法，就是趁愚蠢的人類舉行祭典放鬆警戒時，鎖定目標襲擊……

畢竟冒險者這種傢伙，對金錢跟女人都毫無抵抗力。是非常容易從守序墮落到混亂的生物。

因此只要內部有奸細協助，就能以殘虐、悲慘且不人道的方式，蹂躪那些因祭典而聚集的愚笨人類。

攻破城牆，扯爛那些裝飾物，殺死、侵犯、掠奪那些驚訝困惑逃跑的傢伙們。

——然後，進行獻祭。

一想到這，生著黑色肌膚的闇人咧開嘴笑了起來。

# 第6章

## 『七臂的威力』

在滴滴答答的持續降雨中，金絲雀（Canaria）正啾啾啾地唱著歌。

以拍打窗子的水滴聲為伴奏，金絲雀在小小的鳥籠中鳴囀。

坐在窗邊的牧牛妹，以指尖輕撫過結露的窗戶嘆了口氣。

她對已閉幕的祭典念念不忘，依然穿著那套洋裝，身體枕在手臂上。

一邊感受外頭冰冷的空氣，牧牛妹臉上浮現微笑，喃喃說道：

「你的主人，如今在哪裡做著什麼呢——」

沒有回應。小鳥只是繼續啾啾地叫著。

這隻他夏天帶回來的金絲雀，如今就像這樣養在牧場裡。

「是土產嗎？」她試著問。「不。」他說。他有時就是會做些奇怪的事。

奇怪的事——例如去參加祭典、與某人同遊，想必也是同一類吧。

「……」

他怎麼還沒回來呢？

如此思緒突然浮現，她把臉埋進了手臂裡。

她不想看玻璃窗上倒映的自己。那實在讓她不忍卒睹。

右手緊緊握著，拳頭裡是他送的玩具戒指。

共處的時候儘管很滿足，一旦分離了就會覺得再怎麼樣都不夠。

想要更多，更多，更多。

——更多什麼呢？

「……我這個人，竟然也會如此任性啊。」

遠方，傳來了彷彿有人在清喉嚨的隆隆雷聲。

以前傳說那是龍所發出的聲音，但這個故事的真偽她不清楚。

幸運的是到目前為止還沒有遭遇過龍。以後應該也一樣吧。

隆隆。隆隆。雷聲越來越近了。雷……？

霎時，牧牛妹察覺聲音在自己的附近停住了。

不是雷聲，那麼會是……？

她恍惚地抬起臉，玻璃窗映照出她憔悴的臉孔。而在玻璃的另一側——

是具被雨淋得溼答答的髒汙鐵盔。

「咦、啊，咦……!?」

她砰一聲跳起來，嘴巴激烈地一開一闔。

到底該說什麼才好？要怎麼說？心情與言語攪成一團，在腦中與胸口形成漩渦。

結果，她只能從喉嚨擠出「你回來了」跟「還好嗎？」這些問候。

「你、你在做什麼呀，外面雨那麼大……這樣會感冒喔!?」

牧牛妹這麼說，啪一聲用力把窗戶打開。

「抱歉。燈亮著，認為妳還沒睡。」

相對於慌亂的她，他卻若無其事到讓人生氣的程度。

「我有點事。」

「有事……」

「早上回來。」

他淡然表示，稍微想了想，才喃喃地加上一句：

「早餐，我想喝燉濃湯。」

「啊。」

回來。他說他會回來。他這麼對自己說。還表示想吃自己做的早餐。

——真是的……真是的！

「……一大早，就喝燉濃湯？」

胸腔中，有股暖流擴散開來。牧牛妹的臉上頓時綻放出笑容。

——為什麼我那麼好打發啊！

「拜託。」他都這麼說了。「真是的，拿你沒辦法耶。」她咕噥著。

「你如果感冒爬不起來，或是睡過頭的話，我會生氣喔。一定要準時起床才行。」

「知道。」

「……嗯。」

牧牛妹用力點點頭。

他是不會說謊的。

然而他一旦說了有事，就絕不會打消念頭。

因此牧牛妹也不會進一步追問或打探下去。

節慶之日已告終，日常生活又回來了。日子一如往常地過下去。

就算心中懷抱各式各樣的想法，能表達出來的那一天也已經消逝。

「那麼，呃……嗯。」

所以她該說的話，就只有一句。

「加油！」

「嗯。」

說完他一步、兩步離開窗邊。用向來那種大剌剌又粗暴的步伐。

「妳也一樣，早點睡吧。」

最後他冷不防停下腳步，回頭露出稍加思索的模樣望著牧牛妹。

「不要出門。待在舅舅身邊。」

對他消失在幽暗中的背影，牧牛妹目送了好久。

隆隆。方才的聲音再度響起，跟著他一起遠去了。

終於看懂真相的牧牛妹，噗哧一笑關上窗戶。

「真是的。你那個主人，有時就是會做這些奇怪的事呢。」

她用指尖抵住鳥籠輕晃，金絲雀彷彿在抗議般又發出了啾啾聲。

不過只有這回她不理會鳥兒。

有一半是鬧彆扭和遷怒，另一半則是彷彿快融化的亢奮感所致。

儘管現在還不到就寢時間，但她決定好好珍惜這種感覺，帶著它上床睡覺。

愉悅地沉浸在自己的思念中，即便是在夢裡，她也很滿足了吧。

「可是話說回來……」

為了避免弄皺洋裝，她把衣服褪去疊好，接著豐滿的肢體才滑進臥榻。

雖說她認為那個人十之八九，又想出什麼主意了吧。

「……為什麼他要滾那個大木桶呢？」

§

雨勢越來越大，風則像切穿空氣般橫掃而過。

夜深了，視野就像被墨水塗過般一片昏暗、漆黑，根本看不清楚前方。

這已經可用暴風雨來形容。

「喂——嚙切丸！」

在這種天候當中微微浮現輪廓的一棟建物旁，礦人道士拉高音量道。

「窯已經點火囉！」

「是嗎。」

哥布林殺手停下一直在滾動的木桶，點點頭。

這棟建築物——位在牧場外，是座設有煙囪的紅磚造小屋，但此刻尚未冒出煙。

「情況如何？」

「溼氣太重了。不過使用法術的話，哈，簡直易如反掌。」

礦人道士捻鬚，咧嘴笑道。

他所學習的法術大多跟土之類的有關，不過礦人對於火焰的適性原本就很良好。

把火精靈（Salamander）叫出來，點燃潮溼的木柴，應該是輕而易舉吧？

「至於風向，目前應該沒問題唷。」

妖精弓手則靈巧地把腳邊爬的蜘蛛抓起，取其吐絲，將赤柏松木大弓的弦重新拉好。

森人的武具，全都是取自然萬物之形變換而成的。

所以即便不懂使役精靈的法術，森人一生下來就能與萬物共存。

據他們或她們所言，「只是因為其他種族太遲鈍了」罷了……

單純討論獵兵的話，沒有其他種族比森人更適合擔任此一職位也是事實。

她將自己最大的特徵——長耳——輕輕搖了搖，並說道：

「暴風雨來到這裡的正上方了……不過相較於對面，我們現在位於上風處。也就是順風呢。」

「好。哥布林們的情況如何。」

「正在接近，時間所剩不多了喔。」

「明白。加緊腳步。」

哥布林殺手點點頭，轉向礦人道士。

「小心起見，如果法術有剩就增強風勢。」

「風應該屬於森人的領域唄……也罷，我盡量試試。」

「有勞。」

回應哥布林殺手的要求，礦人道士從包包取出一把扇子。

他啪一聲打開在空中一掃，哼出了奇妙的尖銳歌聲。

「『風的少女（sylph）啊少女，請妳接個吻。為了我等船隻的幸運』。」

在咻咻作響宛如耳鳴的狂亂暴風中，這道氣流就像輕撫臉頰般溫柔。

這是魔法師為了賺點小錢在擔任船長時所用的，一種能喚來微風的咒語。

「雖然見笑了但風勢頂多這個程度，到底能幫上多大的忙我也不敢保證喔。」

「太遜了吧礦人。」

妖精弓手咯咯笑道，礦人道士則狠狠瞪了她一眼。

「無妨。很夠了。」

背對輕盈的微風，哥布林殺手繼續一一進行確認。

「『龍牙兵（Dragon tooth warrior）』怎麼樣了？」

「已經準備妥當。」

被點到名的蜥蜴僧侶指著散落在大地上的小牙，以奇妙的姿勢合掌。

「『禽龍之祖角為爪，四足，二足，立地飛奔吧』。」

聽到這朗朗唱出的祈禱，地上的牙齒開始噗嚕噗嚕冒泡、沸騰，並逐漸站起身。

出現的玩意是直立的蜥蜴骸骨——『龍牙兵』兩隻。

蜥蜴僧侶將龍牙刀（Sharp claw）扛在肩上，發出「唔」的一聲。

「很遺憾貧僧的法術到此見底了。是否可商借武具之類？」

「無妨。」哥布林殺手應道，並把原本躺在一旁地上的木桶翻正。

「我借了那邊的倉庫，裡頭的武器隨你用。」

「那就恭敬不如從命，且容貧僧挑個一、兩把吧。」

緩緩搖著尾巴，龍牙兵隨僧侶一起走向倉庫。

這當中，哥布林殺手又翻正了一只木桶。

木桶共有三只，足足有他身高那麼高。

裡頭似乎裝得滿滿的，重量也不容小覷。

他使盡渾身之力讓桶子站起，其衝擊力甚至把腳邊的泥巴都掀飛起來。

站在一旁的女神官衣服上也被濺到了骯髒的黑點，然而她並不介意的樣子。

「哥布林殺手先生，你不會冷嗎？」

「妳才該留意吧。」

女神官單薄的衣服被雨打溼，緊貼在她纖細的身軀上。

上頭微微透出的膚色，儘管很難不感到羞恥，但女神官卻搖了搖頭。
「不，我沒事。這點小雨，根本不算什麼。進行儀式時本來就要灑水淨身。」
「……奇蹟還有剩嗎？」
「有的，沒問題。」
女神官堅強地微笑道。
原本這套裝束就是戰鬥用的，對地母神而言不可能厭惡來自大地的泥痕。
為了他人勞動而將清白純潔的衣服弄髒，本來就是她奉行的美德。
女神官彷彿緊抱著法杖般對他點頭：
「剛才祈禱完『沉默』後，已經稍微休息過了。還可以用兩次。」
「知道了。」
哥布林殺手用劍柄將木桶蓋敲碎。
啪喀一聲，雨水中立刻混進了腥臭的氣息。
「嗚嘔。」不顧妖精弓手一臉鐵青，女神官倒是毫不猶豫地將手伸進桶內。
「沒有時間了，我來幫忙！」
「抱歉。麻煩了。」

「嗯！」

「放到屋子裡吊起來。要塞滿。」

「我明白了！」

女神官所拖出的玩意，是經過日晒的魚乾束。

她雙手抱起一大把，以小跑步的姿勢衝向窯屋，將之吊掛在其中。

屋裡點了火所以很溫暖，跟在外頭淋雨吹風完全不能相比。

哥布林殺手正在守候她的行動時，側腹部被礦人道士的手肘頂了一下。

「喂，讓小丫頭待在裡面稍微暖暖身子吧。」

對一臉自認體貼的礦人道士，妖精弓手卻「嗯」一聲抗議道：

「等一下，那我怎麼辦？我不是也被雨淋了嗎。」

「自稱兩千歲的給我閉嘴。況且，對森人來說下雨本來就是天賜的恩惠吧。」

「就算是森人也討厭淋雨受凍呀！」

又開始吵了。一如往常，這兩人的爭執總是帶著半嬉鬧的氣氛。

蜥蜴僧侶領著手持長柄鍬與鐮刀的龍牙兵回來，感覺很愉快地環顧眾人。

「所以……小鬼殺手兄的盤算究竟為何呢？」

比起其他事，蜥蜴僧侶對此更有興趣，因此迫不及待地問。

哥布林殺手一邊檢查自己的武具，確認盾牌的固定狀況並點點頭。

「還用說嗎。這是剿滅哥布林的慣用手法。」

他把頭盔調整好，然後從腰間的鞘拔出從小鬼那搶來的劍。

接著自雜物袋取出一塊骯髒的布，仔細地擦拭起劍刃。

隨後他把劍收回鞘內，將事先準備好的另一把劍握在右手上。

髒汙的皮甲，廉價的鐵盔，不長不短的劍，套在手臂上的小圓盾。

頂著與平常一模一樣的裝扮，哥布林殺手理所當然似的開口：

「我要燻那群傢伙。」

遠方，逐近逼近的哥布林——其數共有二十、不，三十隻。

在暴風雨中，燻製鍋終於開始吐出滾滾的黑煙。

§

對哥布林們而言，這晚的暴風雨應該是天賜良機才對。

夜晚是他們的朋友，黑暗是他們的同盟者，轟隆的雷聲則是戰鼓。
對身為大將鎮守在後方的闇人來說，道理也是一樣的。
骯髒的緊身皮衣，吸收雨水後變重的外套。腰際則是一把細長的突刺劍。
即便他肌膚是黑色，耳朵尖起，頭髮則是銀色的。
他依然會被視為是一介冒險者吧。善良的闇人，可是極為稀少的存在。
不過那都是建立在，此刻他手上沒有握著那「一隻手臂」的前提下。
那玩意妖氣沖天，但上頭卻刻了精細緻密的圖案，是一尊很像燭臺的雕像。
不知是受了多少工匠的心血，如今那隻手臂好像想抓住什麼似的岔開手指。
加上手臂在閃電的照耀下，發出宛如生命體的刺眼亮光，甚至還傳來脈動。
恐怕那並非隸屬守序陣營的人掌中應存在的物品。
「GOBOR！」
「GROBR！」
「唔嗯。不必多慮。就這樣衝過去蹂躪、碾碎他們。」
愚昧到可愛的小鬼們前來嘶吼出報告，闇人聽了自信滿滿地點頭。
真是的，這些傢伙說穿了只能當雜兵，無法發揮更大的作用。

當然，提供小鬼們粗糙的武器與防具而使役他們，要蹂躪守序陣營的人已非常足夠。

「你說什麼？前方有疑似冒險者的人影？蠢貨，這點程度的小事就怕成這樣。」

這裡是冒險者聚集的小鎮。路上不可能遇不到半個冒險者。

正因如此，他才鎖定祭典後的夜晚，刻意進行襲擊。

「……不過，事情能順利嗎？」

混沌諸神所下的神諭沒有懷疑餘地。

——用我手上的這個詛咒物，就能召喚古代的百臂巨人（Hecatoncheires）。

那是出自混沌諸神所持有的怪物之書記載、令人聞之膽寒的一尊巨人。

起初是諸神為了玩戰爭遊戲（War game）才創造出來的棋子，存在完全是為了戰鬥。

聽說這種巨人能以蘊藏於無數手臂中的權能，縱橫無盡地肆虐，狠狠將秩序之神打倒。

喔喔，百臂巨人！百臂巨人啊！闇人胸中激烈地顫動著。

他的行動只是讓混沌陣營遲早有一天會降臨的勝利，變得更加穩固罷了。

自從他接獲神諭後，就一直要求自己戮力不懈。

然而，不知是在哪個環節有疏漏……對自己策略失誤的擔憂總揮之不去。

究竟……是為什麼呢？原因出在？

往東西北三方送去的部隊，為何會完全失去聯絡？

為了在鎮上引發混亂而聘用的不法冒險者，為何遲遲未展開行動？

抑或是為了搜集活祭品而讓哥布林去擄獲的那些女人，為何會被搶個精光？

難道問題出在最根本之處，自己取得這項詛咒物，本身就是最大的錯誤——

……

「……不！」

為了打消自己的不安，闇人嘶啞著聲音吼道。

「骰子已經扔出去了。事到如今，除了繼續前進以外別無他途！」

直接由他指揮的小鬼僅有三十隻。然而，他們也不過是誘餌罷了。

四面八方包圍小鎮的哥布林都是誘餌，全部都只是為了擾亂冒險者們的耳目。

真正的武器名副其實，就掌握在他手裡。

只要有這蘊藏了百臂巨人力量的詛咒物，根本不值得害怕。

為了爭取時間。一刻、一秒都不能浪費。

獻上活祭品。多一個人、一滴血都好。

直到百臂巨人甦醒為止。

「唔……！」

就在這時。

他那與森人同樣敏銳的五感，體察到異樣的事物。

那是一股臭氣。

彷彿刺激著鼻腔與眼睛，腥臭……腐敗物……不，這是海……海鮮的味道？

在雜音都被掩蓋的風雨當中，少許的光線也被黑霧遮斷。

「煙霧類……不對，是毒煙嗎!?」

闇人趕忙掩住嘴角叫苦，但很遺憾的是小鬼們並沒有那麼聰明。

被煙籠罩的哥布林們紛紛發出慘叫，眼淚也大顆大顆地噴出。

「啐！混帳，明明是冒險者，竟然搞氣味這招……！」

闇人不禁浮躁起來，自口中發洩怒氣也是很正常的。

恐怕……恐怕這並非守序與擁有律法的陣營會採取的戰術。

然而，戰局變化不光只是這樣而已。

在暗雲中有白色的骸骨士兵跳出來，開始橫掃小鬼們。

§

「你不是說沒設陷阱嗎，喂，嚙切丸──」

「我說過。」

俯瞰小鬼們名副其實地被秋風掃落葉，哥布林殺手這麼說道。

「不過，我並沒有說自己沒招。」

「喂。」

「有的是方法。不論何時。要多少都有。」

「喂。」

龍牙兵正在戰場上大顯威風。

他們原本就只是骸骨。沒有鼻子，沒有眼睛，就連呼吸也不需要。

所以燻魚乾製造的煙幕，對龍牙兵絲毫不構成妨礙。

哥布林則在煙霧裡激烈咳嗽，不明就裡地亂揮武器。

相較之下，不會說話的化石戰士簡直是壓倒性地占優勢！

鐮刀一掃腦袋就飛出去，長鍬一打手臂就應聲斷裂。

煙的惡臭加上小鬼們的體臭，甚至是血腥味一起構成了戰場的空氣。

說得誇張點，那溢滿戰場的鐵鏽味，用地獄之臭來形容也不為過。

「……我就知道。」

妖精弓手表情鐵青，用薄布纏著臉掩住口鼻，同時抱怨。

「這種時候一定會有什麼離譜的情況發生，歐爾克博格就是這樣。」

正因如此，小隊的頭目才會由他擔任。

論經驗應該是自己（妖精弓手這麼主張），或沉著冷靜的蜥蜴僧侶才對。

然而每次戰鬥，他都有辦法施展許多無法預測的戰術……

「可是平常冒險的時候禁止使用喔，這招。不然我會很火大。」

「不行嗎。」

「當然不行。」

「是嗎。」

哥布林殺手的回答隱約顯露失落，女神官噗哧一笑。

「有這麼遺憾嗎？」

「面對大量敵人時，用來拖慢對手進軍速度很有效。」

哥布林殺手淡淡說明，並兀自「唔」地點點頭。

「尋找，調查，陷入不安，然後懷疑。就跟魔術一樣。」

「我覺得，兩者應該還是有點不同……？」

女神官如此回應，但她突然感覺到什麼似的將目光轉向戰場，接著瞪大眼睛。

「啊……！」

她劇烈顫抖著身子大叫一聲，隨即衝到小隊前方。

其他人都來不及阻止她，她便高舉法杖大聲詠唱。

「『慈悲為懷的地母神呀，請以您的大地之力，保護脆弱的我等』！」

她對諸神祈願奇蹟。慈悲為懷的女神便以高舉的杖為中心，賜予了肉眼不可見的結界。

霎時，彷彿呼應她一般在戰場上響徹的，是朗朗的古代言語。

「『萬物（Omnis）……結束（Nodus）……解放（Libero）』……！」

白光迸發。百光乍現。在黑雨當中，那是宛如能覆蓋一切的白色。

白光貫穿了戰場，掃開黑霧，並將龍牙兵擊碎。

兩隻龍牙兵的白骨猶如木屑般崩塌散落了。

而光還繼續射向戰場外，將被捲入的小鬼化為塵埃，同時繼續前進——

「咕，唔……！」

——砰一聲。白光發出被彈飛的聲響，與肉眼不可見的防壁硬碰硬，最後雙雙消滅。

沸騰的大氣對雨水注入了更濃的異臭，甚至形成漩渦。

無法閃避精神上的衝擊餘波，女神官撲通一聲向前跪倒。

哥布林殺手以套著圓盾的左手，使勁把女神官拉起來。

「對、對不起……」

「受傷了嗎？」

「不，沒有，我的身體，還好……」

女神官臉上血色盡失，悔恨地緊咬著嘴唇。

「那個……奇蹟，只剩下一次……」

「不。」

哥布林殺手搖搖頭。

「很夠了。」

原本覆蓋戰場的暗雲都被揮去、燒卻，消滅了。

哥布林們要從混亂狀態恢復過來，想必花不了多少時間吧。

——龍牙兵比預期中更快被幹掉。

哥布林殺手迅速在腦裡重新演練計畫。

本來他預估龍牙兵能消耗更多小鬼，待敵人數量減少，我方再展開突擊。

雖說還稱不上什麼王牌，但自己保留了一項祕密武器可以對付小鬼以外的敵人。

然而後方就是牧場，一定得在此處將敵方全數殲滅才行。一隻都不能讓他們通過。

——每次都如此。

「你怎麼看。」

「剛才那個，是『分解（Disintegrate）』之術唄。」

捻捻白鬚，礦人道士一邊在裝滿觸媒的包包裡翻找，一邊答道。

「雖說是可怕的咒語……但沒辦法連發啊。」

「不過，還真奇妙吶。」

不敢大意地彎曲身子，躲在低處的掩蔽物後方，蜥蜴僧侶這時深謀遠慮地說。

「對方的術師假使能充當重砲手，豈會讓小鬼如此分散？」

「所以有其他目的。」

哥布林殺手低吟著。

頭頂上的暗雲化為漩渦，風雨毫不留情地拍打下來。

哥布林殺手有種不祥的預感。這種感覺跟有哥布林從背後偷偷靠過來很類似。

「沒有爭取時間的手段啊。」

「從前有句格言，陷阱就是要踏上去把它踩爛。」

蜥蜴僧侶繼續說，還搖了搖尾巴。

「從正面殺過去，連同對手的計謀一舉踏平，應該不失為良策。意下如何？」

「贊成。」

哥布林殺手簡短地回應，並將鐵盔轉向女神官。

女神官正在用力擦拭被泥水弄髒的臉龐，這時也仰望他。

他的盔甲同樣被雨淋溼，沾染血與泥而髒兮兮的，底下是何表情完全無從得知。

「妳是要角。拜託了。」

然而女神官還是覺得自己被他筆直凝視著，不禁眨了眨眼。

光是如此，就足以讓她的信仰之心沸騰。

他——哥布林殺手——這個無可救藥的偏執狂。

——只因他對自己說了拜託。

「……好的！」

「很好。所有人，應該都瞭解計畫了。內容如先前所述。」

哥布林殺手舉起劍，揚著盾，向前邁出一步。

蜥蜴僧侶則排在他身邊，手持牙刀，高高甩起尾巴。

妖精弓手在後頭架上箭矢鎖定目標，將弓弦拉滿。

礦人道士雙手緊握觸媒，開始詠唱咒語。

女神官則緊抱般握住神聖的法杖，對天上的諸神獻出祈禱。

「要上囉。」

就這樣，真正的戰鬥展開了。

§

首先犧牲的是身軀從煙幕底下扭動出來的一隻敵人。

小鬼察覺有人闖進來而歪著腦袋，但立刻就被砍掉頭倒在地上。

「GROORB!?」

哥布林殺手把勉強還連著身體的那顆腦袋踏碎，繼續向前。

在他附近的一隻被左手圓盾敲擊馬上轉身逃跑，另一隻飛身過來的小鬼則被刺穿咽喉。

「二。」

把劍放開踹了一下斃命的屍體，從那傢伙的腰帶搶來手斧，回過身來又是一閃。

剛才被盾牌打中而踉蹌的哥布林，延髓從背後被割斷，很快就斷氣了。

「三。」

把手斧隨意扔向小鬼群之中，再從死屍旁拾起標槍，他頭也不回便繼續往前。

「就這樣前進。走。」

「正合我意！」

說時遲那時快，蜥蜴僧侶扭曲著尾巴一個箭步跳上去。

他手中的白牙刀宛若披荊斬棘般恣意揮動，幸運被砍中的傢伙將變成薄片。

「請明鑒！令人敬畏的龍啊，父祖啊，懇請明鑒！今宵乃殺戮之宴！」

「GOROR!?」

雨珠彈起，鮮血迸出，肉片橫飛。咆哮轟隆作響，慘叫不絕於耳。

哥布林生來就是容易膽怯的存在，卻也因此性格狡詐。

因為自己不想死，就拉同伴出來當肉盾。

但又不允許同伴被殺害，所以會拉幫結派進行蹂躪。

而一切都是對手的錯，再怎麼被凌虐也是對方活該。

看吧。仇敵不過兩人。就算多少會有同伴犧牲終究是我方人馬居多。

況且在雨中，剛才飄過來的討厭惡臭裡還混雜著香氣。聞聞看吧。

是年輕的少女。是妖精。那豈不是女人的香味嗎？

沒什麼好怕的。上吧。

「GOBBRO！」

「GROBB！」

小鬼們的混亂轉為憤怒，然後又化為欲望的瞬間——

他們各自手拿雜七雜八的武器，試圖阻擋一路衝刺的哥布林殺手。

有些傢伙則組成槍陣，包圍瘋狂肆虐的蜥蜴僧侶，試圖狙殺。

至於有點小聰明的傢伙，則把那兩個凶惡的敵人交給同伴對付，自己逃到後方去。

然而若無法判別哥布林的行動，就不是哥布林殺手的小隊了。

「『黑蝗之王(Pazuzu)啊，太陽之子啊，請帶來恐怖與畏懼，乘風降臨吧』！」

角笛之音高亢地吹奏起來，小鬼們聽了紛紛開始顫抖。

一陣漆黑的波動自地平線彼方朝他們襲來。那是黑色的暴風。

原來露出凶惡利牙的傢伙，是一大群數量具備壓倒性的駭人蟲子。

「GORRBGGOOG!?!?」

「GORGO!?」

沒發現那是**幻覺**，小鬼們急忙將黏在自己臉上、皮膚上啃咬的蟲子揮去。

恐懼才是這世上最原始的情緒吧。

因此哥布林們很容易被恐懼支配，發出慘叫開始落荒而逃。

他們拋下武器，朝四面八方奔逃，三步併作兩步，簡直像蜘蛛幼蟲般一哄而散。

然而，哥布林殺手不允許這種事發生。

「『土精(Gnome)、水精(Undine)，請織出一塊神奇的被褥』！」

他們中了陷阱。

忙著逃命的小鬼，下肢一一被絆倒摔跤，帶有高黏度的泥濘湧了出來。

「GORBO!?」

「GBORBB!?」

一旦陷進泥濘，就沒那麼容易重新站起來。

在這塊突然冒出來的泥沼當中，蜥蜴僧侶毫不受限地繼續肆虐。

爪、爪、牙、尾。蜥蜴僧侶一邊以四連擊橫掃小鬼群，一邊瘋狂跳舞。

「噢噢！與此身相繫的螺旋之父祖啊，請收下後裔的獰猛善戰！」

原本蜥蜴人就是在密林溼地誕生的種族，這種程度的汙泥他們根本不放在眼裡。

快刀斬亂麻般砍倒哥布林的蜥蜴僧侶，擺動長尾號叫起來。

「去吧，小鬼殺手兄！」

「好。」

在蜥蜴僧侶身旁，腳穿**事先整備好的靴子**，哥布林殺手也輕易通過了泥濘。

他用長槍貫穿倒地的小鬼背部幹掉一隻；接著又拾起那隻小鬼的劍，投擲出去殺死第二隻。

舉起盾突擊的過程中連屍體一起撞倒了好幾隻；踐踏屍體拔出刺在上頭的劍，幹掉第三隻。

用劍捅進擋住去路的小鬼腦袋是第四隻，放棄陷進屍體裡的劍，踢倒死屍搶走其棍棒。

儘管淡然但卻極精確，以最低限度的動作追求最大化的效果，他正著實地撕裂敵陣。

「真是的，嚙切丸那傢伙。也太盡興了吧。」

另一頭——手裡拿著角笛與黏土的礦人道士如此笑道。真拿那男人沒辦法。

「哎，但要不是有我在，事情也沒法進行得那麼順利唄——……」

哥布林殺手先前吩咐『做出泥沼』，還強調『別讓他們逃了』。

原來如此，戰況的確如他所預期地發展。大雨降下，地面一片泥濘。

因此礦人道士之前才回答他『既然如此』、『我有不錯的法術』云云。

從『恐懼(Fear)』到『泥陷阱(Snare)』。正因為戰場在野外，小鬼才無處可逃。

豪華盛大的咒語二連詠唱，觸媒也大方地用掉了不少啊……

「喂，接下來就是妳的工作囉，長耳朵。」

礦人道士心情愉悅地拍打妖精弓手的肩膀，但她卻不快地搖著耳朵。

「拜託，別亂拍我好嗎。箭會失去準頭的。」

「說啥傻話。這麼一大群隨便射都會中好嗎。」

「真受不了，礦人做事就是粗線條……要中當然就要瞄準呀。」

嘶地吸了口氣，再哈地急促吐出。對森人而言，射箭就類似呼吸的動作。

伴隨著她毫無預兆便放開的手指，箭矢就像有導航般鑽過雨水的縫隙飛了出去。

在這世上，能超越森人射擊技術的恐怕就只有眾神了。

更何況這位妖精弓手，又是從神代起血統就一脈相傳的上森人。

再說對手不過是被困在汙泥中，動彈不得的小鬼們。

就算不必瞄準也會中，這麼說也沒錯，然而妖精弓手仍不肯輕忽大意。

畢竟——那個歐爾克博格已許下「一起去冒險」的承諾！

自己可不能輕言放手，白白錯過這個機會。

「確確實實完成委託，才叫冒險者呀！」

她在滂沱大雨中，又降下了一道木芽箭矢之雨。

至於也像箭矢般橫衝直撞的哥布林殺手之所以沒被擦到一根寒毛，絕非巧合，而是必然的結果。

他所狙擊的只有一處，那就是在敵陣後方鎮守的首腦。

正因如此——

「唔，咕！」

闇人咬牙切齒。

以三十名小鬼組成的肉盾被突破了，對方已來到極近的距離，現在想專心詠唱咒語恐怕也來不及。

有那麼一瞬間，他想叫哥布林過來，不過那些傢伙根本不值得信賴。

能仰仗的救命符就只有這個了。闇人手放在腰際的突刺劍上，拔劍出鞘。

「混帳凡人！」

一記會讓人誤會是銀光、快到肉眼無法捕捉的突刺使出。

哥布林殺手舉起盾牌試圖防禦，盾原本的用途就是這個，毆打只是附帶功能。

他右手所抓的棍棒，同時毫不猶豫地橫掃出去。他鎖定敵人的頭部，希望能粉粹其頸椎或頭骨。

然而闇人的動態視力等同森人，也就是說遠遠超過一般人類。

汙泥不放在眼裡，恐怖的幻影也不足為懼，只見闇人唰地噴起一道水沫飛退而去。

哥布林殺手的棍棒揮空了。

「啐，能識破我計畫的傢伙，竟然存在於這座小鎮……」

「……看來不是哥布林啊。」

哥布林殺手與闇人重新拉開距離。兩人緩慢無比在地上挪移腳步，試探彼此動向。

說起武器的差距，闇人的突刺劍很明顯勝過棍棒許多。

因此闇人一派從容地朝對手問道：

「你這傢伙，到底什麼來頭？」

「……」

「聽說這地方最高也就到銀等級……我不認為第三階會撿小鬼的棍棒來用。」

「你就是頭目嗎。」

哥布林殺手不回答，反而如此問對方。他口氣淡漠，就跟平常一樣。

「廢話。」

闇人有點不爽地答道。只見這傢伙挺起胸膛，嘴角尖銳地向上吊起：

「我正是領受混沌諸神之神諭者，乃無秩序的使徒是也！」

右手突刺劍，左手詛咒物。闇人壓低身體重心，口中卻高亢地叫道：

「更是四方哥布林大軍的率領者。要把你們這些雜碎，愉快地送上西天……」

「我不認識你。也沒興趣。」

對闇人報上的名號，哥布林殺手毫不留情地捨棄、踐踏。

「聽你的口氣，想必已經沒有其餘哥布林伏兵了。」

哥布林殺手深深地嘆了口氣。

「……哥布林王還比較難纏啊。」

「——」

闇人在理解他的話之前，停頓了一拍。

「你、你這混帳！」

腳尖唰一聲敏捷地動起來，闇人在泥沼上踩出幾何學線條般的熟練腳步。

伴隨這不可思議的步法，閃光般的突刺也不時反覆揮出。

微微閃爍的燐光是帶有魔力的證明。闇人所拿的是魔法武具。魔劍。這其實並不稀奇。

哥布林殺手則以圓盾敲擊對方，試圖擋開其劍尖。

突刺劍毫無任何異樣地在盾牌表面削切劃過，然後撇向別處。

——不對。

「唔……！」

哥布林殺手突然發出呻吟。

突刺劍的尖端彎折了，簡直就像會繞圈似的從護肩縫隙貫穿鍊甲的孔洞。

他的左肩口滴出鮮血。不只是武器有優劣差距，看來就連使用者的等級都不同。

「哈哈啊！蠢材啊，凡人！」

然而這並不值得訝異。敵人可是能使用『分解』之術的高階者。

原本森人或闇人，與凡人的身體能力就相去甚遠。

凡人除了在各方面都缺乏值得一提的長處外，敏捷度要贏過闇人更是困難。

況且森人與闇人還可以多活十、百、千年。那麼長的歲月所累積的經驗，更是讓結果不同凡響。

在闇人的眼、手、武技面前，穿戴二流防具根本毫無意義。

「原來如此。既然是首腦就不必保留了。」

當然，對哥布林殺手來說這種事根本無關緊要。

剛才那並非致命傷，疼痛還不至於會妨礙肩膀的運動。此外劍上也沒有毒。

因此他還是像平日那樣冷靜地判斷自己的傷勢，決定繼續戰鬥。

「什麼原來如此……你還想打嗎？骯髒可鄙的凡人。」

「……」

「很好。那麼，你就仔細瞧瞧，**我們**會不會表現得比小鬼還差吧！」

闇人不知在喃喃暗示著什麼，將左手所抓的詛咒物高高舉起。

「『喔喔，大腕之君，暴風的太子！吹吧狂風，呼來吧暴雨！請把力量賜給我！』」

霎時，變異發生了。

才剛聽見闇人全身發出了分筋錯骨般的異樣聲響，隨即那傢伙的身體就開始扭曲、脹大。

最後終於有什麼從體內彈了出來，那玩意自闇人的背部現身。

是手臂。

在妖氣騰騰並以異樣方式串連的骨骼上，長出了筋肉節節隆起的手臂。

合計共有五隻——加上本人原先的手臂，變成七隻手。

「……唔。」

「呼、呼呼、呼。連話都說不出來了嗎，可憎的冒險者！」

手臂宛如蜘蛛或螃蟹的蠢動異樣，即使從遠方也可以清楚辨識。

那傢伙幾乎已經不能再歸類為闇人了。

彷彿被神附身般眼白充滿血絲，被全能之神末端所碰觸的亢奮，令敵人的喉嚨擠出尖銳的摩擦聲。

嘶——闇人宛如要移動巨體般探出身子，朝哥布林殺手襲擊。

下一秒鐘，只聽見鈍重的咚一聲，大地上的泥濘就如噴水池般飛射四濺開來。

「那是什麼玩意呀！」

妖精弓手邊大叫邊拉弓，將逼近的一隻小鬼從眼窩射穿腦袋。

「咦，闇人的背上會長出手嗎!?」

「怎麼可能啦！」

如此回應的礦人道士已拔出手斧，沉穩地擺出架勢迎擊哥布林。

經過龍牙兵與前鋒的活躍，小鬼數量已大幅減少。只要戰線不崩潰，我方不可能會輸的。

「那玩意，不知是什麼原理但應該屬於魔法妖術一類。怎麼看都不像是正統的法術啊！」

「即便如此，亦無須害怕。」

© Noboru Kannatuki

此外剩下的一位同伴——搖著尾巴的蜥蜴僧侶，則以隱約帶有勝利自豪的口吻斷言。

「不過是區區突變，小鬼殺手兄應付起來想必胸有成竹。」

因此為了完成自己剩餘的任務，蜥蜴僧侶咆哮一聲後就朝小鬼們撲殺過去。

§

對付以七臂猛攻的對手，要說哥布林殺手尚且還能與之周旋並不為過。

來自左邊的攻擊以盾牌撇開，並以棍棒敲打回去。來自上下左右的手臂則以翻滾的方式閃避，順勢跪在地上。

又有拳頭從頭頂上方彷彿釘釘子般揮落。哥布林殺手起身同時來個前空翻，迅速鑽入了闇人的懷中。

「……唔！」

結果他從下方挑擊出的劍尖，卻被闇人以跳躍的方式躲過了。

以手腕拍擊泥濘撐起自身的跳躍，其實跟飛起來沒什麼兩樣。

「怎麼啦，凡人！你的劍要是不拉近距離根本砍不到我喔！」

這一拳讓雙方的距離又拉開了，哥布林殺手只能再度往敵人的方向挺進。

即便背上扛了五隻巨大的手臂，闇人依然屹立不搖地等待敵人自投羅網。

那種重心完全不受影響的安然站姿，反而給人一種異常欠缺平衡感的錯覺。

「不過，身體變大了反而更容易瞄準才對……！」

一對一極為不利。那麼讓同伴們一起進攻如何？

妖精弓手大致將附近的哥布林收拾乾淨後，便單膝跪地舉起大弓。

她以流暢的動作自箭筒抽出箭矢，架在弦上，拉弓射出。

必中、必殺的一擊。木芽箭頭飛在空中連雨滴都沒沾到，就這樣直往闇人的前額──

「…………！」

──在貫穿之前，突然有隻巨大的白手從虛空滲出，將箭矢一把抓住。

那隻手彷彿充滿漩渦的雲，又猶如巨大的石柱。骨節明顯，肌肉隆起，妖氣沖天。

略顯半透明的白手，名副其實像在折斷小樹枝般把箭矢捏碎，接著便消失了。

闇人咧嘴浮現笑意，並將左手的詛咒物拿出來，高高舉起。

倘若他是總司令的話，當然不可能毫無防備就親臨前線。

「避箭的守護……!?」

妖精弓手發出慘叫般的戰慄聲響。

在遙遠古老的時代，秩序與法律諸神爭鬥時，這種巨人被送入了戰場。

其手臂——也就是成立召喚用的觸媒——變成了詛咒物，即如今被闇人握在左手的那尊雕像。

「早該猜到了。」礦人道士臉色鐵青地啪一聲拍打自己的額頭。「那傢伙是召喚士（Summoner）啊！」

對於傳說中的怪物，若能將其權能的末端引出，力量可能就具備銅或銀的水準。

既然對手擁有已和召喚術相去甚遠的邪門歪道伎倆，那種異常的自信滿滿態度也是可以理解的。

對那個闇人而言，別說小鬼，恐怕就連他本身都不是真正的主力。

望向在頭頂上蠢動的暗雲吧。望向對小鎮襲擊的暴風雨吧。那裡有雷鳴、狂風、暴雨。

假使那全是百臂巨人要重新降臨大地，所預先發生的徵兆……！

「所謂避箭，是否代表所有飛行類道具都無效？」

「太複雜的道理我也不太懂……」

把最後一隻小鬼的腦袋砍掉後，全身泥濘的蜥蜴僧侶跑了回來。

相對於他，妖精弓手則一邊不安地顫抖著長耳，用難以置信的姿態取出下一枝箭。

「……不過我小時候聽爺爺提過，不論有多少枝箭射來都有辦法擋住……」

如果那是出於凡人的一介老翁所言，還能當成是吹牛來看待。

然而這番話卻出自在神代的戰場上存活下來、某位森人老兵之口。

**弓箭是射不中的**。

「真是，沒想到會實際體驗森人派不上用場的一面啊……」

連樂觀的想法都落空了，礦人道士不由得咂舌。

只見他豎起大拇指計算自己跟異形闇人之間的距離──現在還勉強在射程範圍之內。

不過如果使用『石彈（Stone blast）』，運氣不好有可能會誤射哥布林殺手。

況且就算真的打中了，那個巨人的手臂是否根本不痛不癢呢……

「哦？」

在另一端，闇人瞪大了雙眼。

那是因為哥布林殺手扔下了棍棒，拔出腰際的劍。

之前在汙泥中衝刺之故，只見那把不長不短的劍顯得非常骯髒。

不過哥布林殺手卻將身體重心壓得極低，扭動手腕轉了一下長劍。

「你認為只要換把武器，就能夠與我為敵嗎？」

「不認為。」

哥布林殺手調整呼吸，將劍尖對準闇人，以低沉的聲音說道。

「我認為能殺死你。」

「笑話！」

闇人咆哮一聲，手臂猛然伸長到異樣的程度朝哥布林殺手襲去。

而哥布林殺手彷彿看準了僅有的空隙般，及時向前飛跳出去。

闇人迎擊的右手上握有銳利的突刺劍。那種造型，很明顯就是打造成以反射神經取勝的武器。

「捨身突擊？不可能碰到我的！」

銀光再度迅速地一閃，哥布林殺手勉強用盾格擋開來。

皮革圓盾已好幾度被削去、貫穿了，剩下的部分恐怕很難繼續承擔任務。

但哥布林殺手不理會這點，依然努力縮短雙方的距離不斷出劍。

他配合對方拔出突刺劍的動作，追擊退開的闇人，並盡量將劍尖伸出去。

只聽見嘰一聲，闇人的緊身衣微微裂開，不過——也只有這樣而已了。

「哈哈哈哈哈哈！你想與我為敵，**手腕**還差多了！」

以他的能耐，確實很難攻擊到闇人。

啪擦一聲濺起大量汙泥後著地的闇人，發出為勝利自豪的大音量說道：

「看來，頂多是第五階的紅寶石——不，第六階的綠寶石罷了。」

「錯。」

哥布林殺手搖搖頭。

「那個是**黑曜石等級**。」

沒錯，單以他一個人的能耐而言。

「『慈悲為懷的地母神呀，請將神聖的光輝，賜予在黑暗中迷途的我等』！」

凜然的祈禱聲響起，簡直就像是能直達天上諸神。

今夜的此時此刻，集地母神寵愛於一身的愛女祈禱，不可能不引發奇蹟。

從她高舉的祭器所施放的，毫無疑問是『聖光(Holy light)』。

在暴風雨中，如明亮太陽的光輝籠罩下來，闇人伴隨著無聲的慘叫痛苦地反仰身子。

女神官已經可以不靠言語溝通，便和哥布林殺手進行默契絕佳的搭配。

小隊都是以哥布林為對手，而隊長又是由哥布林殺手擔任，再加上——

——妳是要角。拜託了。

那個人是這麼說的，只要他如此拜託自己。

她會身陷小鬼的陣營之中，沿著哥布林殺手開出的血路拚命狂奔，也是理所當然的。

於是此刻，哥布林殺手背負著她的光芒，在闇夜中突擊。

在他背後，雖然沾滿雨水、泥濘與汗，但與決心一同揭起光輝的女神官，卻是無比美麗。

那並非沐浴著神恩的緣故。也不是因為她身著聖衣。
而是出於她一心一意為了某個人，將祈禱獻至天上諸神跟前的純粹。
她毫不懷疑。毫不動搖。即使心懷膽怯、恐懼，依然勇敢地高舉法杖。
「哥布林殺手先生！」
既沒有尖銳的高喊，也沒有嘶啞的咆哮，哥布林殺手的劍就這麼揮了出去。
這招既單純又愚直，根本沒有任何值得大書特書之處，只是平凡——極其普通的**攻擊**。
「啊，咿!?」
然而，碰到了。
闇人的緊身衣碎裂，鮮血噴出。傷口儘管很淺，但還是砍到了。這樣就夠了。
「唔，混、帳東西！」
闇人扔下突刺劍用手摀住胸口慘叫著，接著便跳開退到後方。
那傢伙原本就不害怕弓箭，如今劍與魔法更是在無法抵達的範圍外。
但闇人的驕矜，受到比挑向胸口的這一擊更深的傷害。
——這邋遢傢伙率領的小隊，為何會如此難以對付!?

「既然如此，也沒其他法子了，直接以巨人的威力毀滅那座小鎮吧……」

闇人的眼中點亮殺意的光芒。相對於森人高雅以及對萬物均衡的冀望，闇人則是與傲慢及殘虐為友。

「你們這些傢伙，全都會變成小鬼的餌食。森人跟那個小女孩的手腳要斬斷，到死為止，都得囚禁在小鬼的巢穴深處……！」

連話都說得零零落落，可見闇人已經氣到發瘋了。

霎時闇人單膝撲通跪入泥淖中，泥水再度啪嚓濺起。

「啊，嘎……唔，咕……嗯……？」

闇人漆黑的臉孔因痛苦而扭曲。背上長出的五條手臂不停掏著泥，掙扎著想讓自己起身。

突然全身無力是召喚的緣故嗎？怎麼可能？力量不是會一直湧出嗎？

不然就是因為受傷的關係——受傷？

——不對。

「是毒。」

哥布林殺手這麼說道，並自腰際的雜物袋扔下一塊破爛的布。

那是他在公會跟櫃檯小姐受到刺客襲擊後，拿來包裹對方飛鏢的玩意。

至於塗在刀刃上的毒素是何種類，哥布林殺手自己也不清楚……

「混、帳……混帳，混帳，混帳——！」

果然用敵人試過後，要明白這是毒就已足矣。

溢流的血從闇人的手指縫隙滲出，接著繼續往下滴。

熊熊燃燒的眼眸引燃起更為旺盛的怒火，滴著雨水的嘴脣扭曲成更歪斜的模樣。

取代萎縮的天生雙手，背上的手臂又掀起泥濘，勉強把闇人的身體撐起來。

背負著雷雨緩緩爬起身的闇人姿態，簡直就如同一株枯木。

對方氣喘吁吁對抗毒素的樣子就好似末期的病患，渾身鬼氣逼人。

「『萬物……』！」

然而闇人高聲響徹、蘊含真實力量的這句臺詞，毫無疑問是死之咒文（Death spell）。

「怎麼會……！」

女神官鐵青的臉龐血色盡失，但依然用顫抖的手舉起法杖。

然而與天上眾神幾度以魂魄聯繫後，嚴重的消耗令她連手指都抓不緊握柄。

「被擊中就糟了，不過……那傢伙現在滿滿的破綻！」

妖精弓手取而代之地站出來從箭筒拔出三枝箭，並以變戲法般的手藝將所有箭同時射出去。

但咻一聲切穿風雨的箭矢，最後卻被雲之臂又一次擊落。

「百臂巨人的權能之一……！」

妖精弓手恨得咬牙切齒，不耐地抽出下一枝箭。她不願承認這是無用之舉。

「『石彈』的射程不夠遠……！拜託想點辦法，長耳朵！」

「知道啦，我正在試……！」

妖精弓手抽出一枝枝的箭，但全都被那隻飄浮於虛空的巨大手臂打落了。

「貧僧的法術以及神官小姐的法術都耗盡了，如此一來……！」

「『結束……』！」

還是要衝過去砍殺敵人？不，此等距離自己跟小鬼殺手兄都來不及。蜥蜴僧侶也恨得牙癢癢地。

闇人的詠唱仍然朗朗地持續下去，已經連一秒鐘都不能猶豫了。

既然如此——所有同伴的目光，都集中在那唯一一名男子身上。

「哥布林、殺手先生……！」

「避箭？」

那名男子被泥、毒、血濡溼的鐵盔微微傾斜著。

「躲避箭矢的守護……可以這樣解讀嗎？」

即使他跟大家之間隔著暴風雨，如此微弱的低喃依舊沒有逃過森人的長耳。

「是用來迴避弓箭，防禦用的！」

為了與風聲抗衡，妖精弓手用力扯著嗓子叫道。

「呃，我想想，爺爺他是怎麼說的……」

妖精弓手啃著形狀姣好的拇指指甲，不耐煩地掀動長耳。

「記得應該是『所有箭鏃穿不過我的皮肉，所有箭枝盡納入我的掌中』這樣吧……！」

「原來如此。」

箭鏃無法刺穿皮肉，箭枝則會納入掌中。他咕噥著剛才聽到的話語。

「避箭啊。」

那名男子淡然地喃喃說道，然後對女神官的呼喊點點頭，朝前邁出一步。

眼前，已經有白光開始冒了出來。大氣發生鳴動，魔力逐漸形成漩渦。
他一邊將手中長劍收入鞘中，向前踏出兩步，輕輕轉動右肩。
「『解……』」
「是嗎。」
然後是第三步。同一瞬間，闇人的左手彈飛起來。
大家都——包括闇人在內——察覺了一項事實，因為被切斷的肢體剖面迸出了鮮血。
噴濺出去的血液混入暴風，跟雨水一同灑落，在這血水淋漓的場面之中還可聽見手臂墜落草叢的聲響。
剛才他朝空中扔出去進行斬擊的詭異飛刀，將闇人的手臂連肉帶骨切斷。
卍字型的刀刃。至於該武器是仿南洋風格的飛刀這點，闇人完全無從知曉。
「唔——嘎，啊啊啊!?」
朝彼方飛去的刀刃就好像拖著一條尾巴，令人不忍聽的渾濁慘叫把原本詠唱的咒語都蓋掉了。
闇人另一手壓著自己的傷口趴了下去，其背上生出的手臂也如枯萎的草木般，被暴風雨撕碎後四散而去。

「這被歸在短劍類啊。」

哥布林殺手剛剛的投擲，並沒有任何值得聚焦之處。

極為精準、迅速，就只是這樣而已。

兩隻手臂在夜空中飛舞——一隻是闇人的左手，另一隻則是原本握住的詛咒物。

手臂雕像落入泥淖裡變得汙穢不堪，哥布林殺手一腳把它踩爛。

鞋底傳來啪嘰的碎石聲。

儘管不知道那是什麼，但避箭的守護可不能再落入小鬼手裡。

「喔、啊嘎、哇、我的手、手臂，是、百臂、巨人、的……嘎!?」

趴在地上的闇人喉嚨，就在剛剛，被正中紅心的箭矢刺穿了。

呼——位於遠處的妖精弓手彈了彈弓弦並吐出一口氣。只要沒有那個作弊的守護，簡直是易如反掌。

「活、祭、品還是、不夠，哥布林、們，也、沒用、嗎……!」

闇人的呼吸伴隨著啵啵噴出的血泡，但熊熊燃燒著怒火的眼珠依然能辨識迫近的對手。

那雙眼中的生命之火快熄滅了。在搖晃、模糊的視野內，那傢伙幾度眨眨眼。

映照在闇人眼眸中的——是名風格特異的冒險者。

髒汙的皮甲，廉價的鐵盔，不長不短的劍，以及套在手臂上的小圓盾。

被雨跟泥、血及砂土染上汙斑的那副模樣，比被放逐的冒險者還邋遢。

雖說如此，但……

「你、你這混帳，是你嗎……」

闇人的憎惡與鮮血一同從口中噴灑出來。

「在水之都、將吾等的野心……粉碎……勇者的……！」

要是先前能早點看出來就好了。

對那個可憎的劍之聖女復仇，魔神王的復活，以及召喚混亂暴風雨的儀式。

粉碎上述計畫的——不過就是區區幾位冒險者。

就是這傢伙了。毫無疑問正是他。闇人邊吐血邊這麼想，狠狠瞪著那頂鐵盔。

「……不。」

這時他終於擠出了回答。

有這麼多人在背後支援自己。

有這麼多人引導自己，讓他來到此處。

而返回鎮上後不論如何，也有堪稱朋友的人在等待。

只要自己回過頭，就可以發現並肩作戰的同伴們。

一旦回到家，更有人殷切期盼自己的歸來。

那些人不是他的部下，也不是隨從。

那些人不是神所賜予的。既非機會也非命運。

那是憑他自身意志所決定的選項（Paragraph）。

既然如此，他不管怎樣都得報上自己的名號。

是啊，沒錯。

正因如此。

「我是，」

他這麼稱呼自己，毫無半點猶豫。

「專殺小鬼之人（Goblin Slayer）。」

# 間章

# 『勇者大人一出手就放大絕的故事』

這場掀起各式各樣萬丈波瀾的冒險還真有趣。

邪教什麼的傢伙們陰謀已被摧毀，只是還有漏網之魚殘存讓人感到有點遺憾。

另外雖不知道為什麼，有個什麼巨人的被召喚出來，場面未免太盛大了吧。

在大主教大人的介紹下利用了收穫祭的儀式，雖然只是魂魄但也終於碰面了。

那位少女的祈禱真的能傳達給神明。太了不起了。我根本不算什麼。

在我們的眼前，那傢伙掀起了滾滾漩渦，巨大如山地矗立橫亙著。

全身環繞的暴風就像雲一樣伸展出去，逐漸幻化為妖氣沖天的臂膀。

儘管人模人樣卻又很像一隻蜈蚣——一想到這裡，我就不禁全身發抖。

更正確地說我現在並沒有軀體，只是魂魄的存在。不過還是穿了平常的裝備手上拿著劍就是了。

「只靠靈體跟敵人對峙，總覺得很心虛，完全無法保持冷靜耶……」

呿。都鍛鍊到被讚為劍豪的程度了，她的胸部卻還這麼大。

怎麼看都是肉肉肉啊。雖說我只是魂魄但要是也能變大就好了啊！

「……不知為何，總覺得有人在用視線刺我。」

「那是嫉妒。我也能體會這種心情。」

哎呀，不行，不行。我竟然在這裡直接把情緒發洩出來。

哼，真是羨慕死人了。那個跟我同年紀的神官小姐，胸部也有一定的分量。

話說回來，明明被稱為賢者卻連任何一個讓胸部增大的方法都不知道，真是可笑。

「惱羞成怒了。」

「少囉嗦啦!?」

這裡被淡而美麗的溫暖光線所充斥，似乎是一個叫靈界的場所。

光線是人們的思念、心情。這座小鎮上的居民，想必都是像這樣溫柔的人吧。

在街上吃到的冰涼點心好甜，只不過不管丟了幾次球都喝不到檸檬汁就是了。

培根儘管鹹但卻很美味，街頭藝人的演技也的確有趣。

還有最後的天燈！儘管沒能把禱詞聽完，但明年絕對還要再來一次。

就是因為這樣，說什麼都得阻止這隻龐然大物現身才行。

理由光這些就夠了……儘管如此……

「喂喂，話說回來，那傢伙根本不是什麼百臂巨人嘛？怎麼看手臂都有上千條!?」

「只是種形容罷了。」

「根本是詐欺！」

雖說抱怨好像也無濟於事，不過，不覺得那傢伙太詐（Cheat）了嗎？

所以把神諭傳給我的神明，其實是想害死我囉？

像敵方那種驚人的氣勢，總覺得是用許多不同的魔法構築而成的。

「就算有我在也不能保證絕對會成功（Critical）吧……」

「等等，我聽到囉。每次都突破極限（Breakthrough）的人剛剛好像說了些什麼喔。」

「謙虛過頭反而讓人感覺很糟的實例。」

「給我閉嘴啦，剛才人家只是想耍帥一下罷了！」

與我的魂魄相連，這世上絕無僅有的一把終極武器──聖劍，被高高舉起。

雖然不清楚理由，但那傢伙要實體化好像得花不少時間。

跟同伴一塊守護世界。守護人們。打倒惡徒。讓這世界繼續正常轉動。

來吧，這是每次都要來一回的最終決戰（Climax phase）。

「要上囉喔喔喔喔！勇者，來也！」

——太陽般的爆炸！

# 第7章 『慶祝什麼都不是的日子吧』

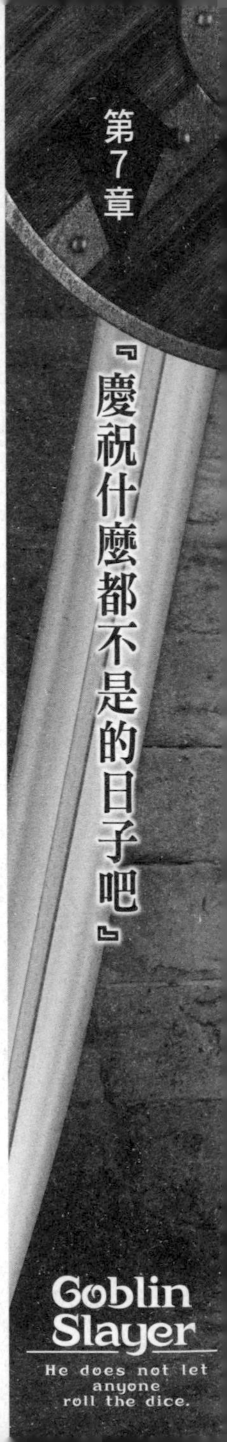
Goblin Slayer
He does not let anyone roll the dice.

秋天的陽光跟夏天相比儘管微弱，卻有彷彿春天的暖意。

在塗滿青色水彩的天幕下，只要坐在草地上，就會不知不覺犯睏。

牧牛妹懶洋洋地「嗚啊」一聲打了個哈欠，不過立刻對一旁的他笑道：

「哎呀，感覺真舒服耶。」

「……嗯。」

「啊，會痛嗎？」

「不會。」他說。「只是不懂為何要做這種事。」

「因為我想做，有意見嗎？」

她輕輕用手梳著他的黑髮，緩緩移動右手的掏耳棒。

「呼呼，幫人清耳朵，其實很愉快呢。」

「是嗎。」

只說了這句，他便有點不滿地陷入沉默。

牧牛妹覺得這樣也好，她心情舒暢地享受靠在自己膝上的沉重觸感。

穿越曾經開滿雛菊的山丘，來自鎮上的一道涼風吹過。

即使陽光帶來暖意，風依舊讓人感到寒冷。

乘著這陣風，一股輕飄飄、甘美的香氣襲來——是金木樨。

香味竟然能傳到這啊，牧牛妹心想。

世界依然正常運轉著，對吧。

儘管他不願意把詳情告訴自己……

大雨停息，暴風遠去，一切都結束了。

聽說體驗完祭典踏上歸途的旅客，都對路上倒斃的小鬼屍骸皺起眉頭。

才一大清早就得被拉去處理善後的低階冒險者們，也一臉不悅的樣子。

然而默默把洞穴填平，並四處解除陷阱的他，看起來並不怎麼介意。

祭典告終，他只是再度做起自己該做的事罷了，也就是說——

「看來，我也該回到自己的崗位才行了……對吧。」

「……………什麼？」

「沒、沒事啦——」

說完牧牛妹把嘴脣湊到他耳邊，呼地吹了吹氣。

他的身體顫了一下。

——嗯，果然，真有趣。

「這邊大功告成了。好，你轉過去，我要清另一邊。」

「……嗯。」

他聽話地翻了個身，就好像一條大型犬。

以玩賞犬來說，好像有點太凶悍了；如果說是獵犬，又少了點威風。

——所以是野狗囉？

心裡這麼想的同時，牧牛妹胡亂搔著他的頭髮。

「可是你又有家，所以還是不太一樣吧。」

「什麼意思。」

「你猜猜看？」

呼呼呼——她莫名地笑著，同時扯了扯他的耳朵。

「喂，別亂動啦。小心我刺進去裡面唷？」

© Noboru Kannatuki

「那樣我會很困擾。」

「你不要把我的玩笑話當真啦。」

呵呵。那麼近地對著他笑，不知道在他耳裡聽起來是怎樣。

平常他的說話聲總是隔著鐵盔發出來，所以悶悶的，所以自己的聲音在他聽來也會一樣才對。

還在思考這種事時，他又發出了「嗯」的一聲。

「抱歉。要打斷妳了。」

「咦？」

牧牛妹嚇得眨了眨眼，但還是乖乖把掏耳棒抽出來。

「是沒關係啦。不過怎麼了？」

「有客人。」

跟著他緩緩撐起的身子望向遠方——原來如此，那裡有好幾個人影。

有嬌小的、纖瘦的、矮個子的，還有一個特別魁梧。

「……真的耶。」

看出端倪的牧牛妹笑了，同時他也早已戴回鐵盔。

他放下面罩牢牢固定好，輕輕晃了晃確認是否有戴牢，然後才點點頭。準備完畢。

「其實，你不必那麼害羞也沒關係呀。」

「我不是害羞。」

說完他站起身，環視四位同伴的臉，這麼問：

「哥布林嗎。」

「對啦！而且還好──大一群！雖然不合我的意啦！」

妖精弓手整個人氣呼呼的，把原先憋在心底的話一吐為快。

「櫃檯小姐說別人都不想接所以才拜託我們，真是沒辦法。」

「走吧。在哪。規模呢。」

他馬上做出決定。

這種一成不變的回應，令妖精弓手仰天長嘆，但蜥蜴僧侶早已習慣了。

「地點位在山麓一帶。據聞有一大批正成群結隊地接近。」

「明白了。裝備……」

「啊，我已經買好了！」

欸嘿嘿——女神官好像有點自豪，但又有點害羞地笑著說道。

原來如此。仔細看她懷裡抱著一大堆東西。

假使沒有馬車而要徒步通過山道，必然需要各式各樣的裝備。

她能事先顧及這點，就足以證明她已經是位了不起的冒險者了。

「食物跟酒，還有許多其他物資。正常會派上用場的東西都備齊咧。」礦人道士說。

「好。」他——哥布林殺手點點頭。

「剩下的，必要物資可以到當地再取得。委託人是村民？」

「正是。」

「所以能取得當地資訊吧。一旦抵達，就從確認地形著手。」

他的背影，正忙不迭地一一確認準備工作是否完善。

那種姿態讓牧牛妹不禁露出微笑，真是個可靠的人，她感覺自己的臉頰肌肉放鬆開來。

她從草皮上倏地起身同時，鐵盔也轉了一圈，再度朝向這邊。

「抱歉，我要走了。」

「嗯。不必介意啦。畢竟是只有你才能完成的工作嘛？」

「……對。」

這時他彷彿慢慢想起來似的，一字一句這麼說道：

「關於金木樨的花語。」

「嗯。」

「我查過了，覺得不適合我。」

「會嗎……？」

牧牛妹在唰地吹過的風中壓住頭髮，微微歪著腦袋。

「我不這麼認為喔……？」

「是嗎？」

「是呀。」

「是嗎。」

接著他便陷入沉默，冒險——不，他要前往剿滅哥布林了。

想必又會獲勝吧。取得勝利，平安歸來。

這就是他的日常生活，牧牛妹非常清楚這點。

因此等待他回來，也是自己的日常生活。祭典結束後，一切都回歸原點。

牧牛妹笑臉盈盈地目送他離去。那麼——她咕噥著，並轉身返回牧場。

遠方有風吹送，金木樨的香味再度飄來。

金木樨的花語，有四則。

「高潔、謙虛、真實的愛——初戀。」

——明明就非常合適呀。

她的喃喃自語，隨著風的吹拂而消失。

秋意漸濃，冬天的腳步聲也近了。

# 後記

大家好，我是蝸牛くも。第三集，各位覺得有趣嗎？

雖說寫後記的工作也來到第三次了，但我依然很不習慣。

因此這回首先還是從謝辭開始。

能有幸接續第一、二集推出第三集，真的非常感謝大家。

讀者諸君，編輯部的各位同仁，書店的大家，託了這麼多朋友的福，在此致上謝意。

在網路上持續為我加油打氣的網友們，網站管理員，長久以來感謝你們的支持。

跟我一起玩遊戲的夥伴，多謝囉。把你們當成殭屍用霰彈槍轟真對不起！

與創作有關的友人們，感謝你們每次的建言，總給我帶來莫大的幫助。謝謝。

此外就是這回依舊提供精采插圖的神奈月老師，萬分感謝。每次收到您的圖我都只會嚷嚷「棒極了！棒呆了！」真是過意不去。一如往常，我還是要向前述提到的所有人道謝。

還有跟第三集幾乎同時發售的，是黑瀨老師的漫畫版單行本第一集。那是有哥布林登場還被哥布林殺手剿滅的作品。真是棒極了。很讚喔！每回都提供這麼高水準的漫畫，必須再三謝謝老師。

「上啊——！就是那樣——！快殺——！來個致命一擊——！」我的感想都是這種真的很對不起。

黑瀨老師，雖然我是這樣的原作者，以後也拜託您多多指教了。

那麼，這集的故事是哥布林殺手剿滅哥布林的內容。

下回恐怕會有點變化，在剿滅哥布林的過程中會寫點其他角色的短篇集。

還有就是長槍手跟重戰士暫代斥候任務，引誘什麼奇怪的玩意一起登上高塔。

這三人，到底是感情好還是水火不容呢？不過人際關係本來就是這樣，應該吧。

對了還有廣播劇ＣＤ……廣播劇ＣＤ？廣播劇ＣＤ！真是難以置信呢。

內容是敘述女神官與妖精弓手去冒險的故事。敬請期待。

各位聲優與工作人員，還麻煩您們多多關照了。

哎呀真是的，這部作品好像發展得非常驚人呢。一年前我連想也不敢想像。

人生究竟是為什麼會演變成何種情況，老實說完全難以預料。

「試試看」、「放手去做」的心情是很重要的，我切實理解到這點了。

今後也希望在可能的範圍內繼續從事寫作，還請大家多多指教。

國家圖書館出版品預行編目資料

GOBLIN SLAYER! 哥布林殺手 / 蝸牛くも作 ;
邱鍾仁譯.— 初版. — 臺北市 : 尖端,
2017.2- 冊 ; 公分
譯自 : ゴブリンスレイヤー
ISBN 978-957-10-6705-6(第1冊 : 平裝)
ISBN 978-957-10-7069-8(第2冊 : 平裝)
ISBN 978-957-10-7185-5(第3冊 : 平裝)

861.57 105008413

浮文字

# GOBLIN SLAYER 哥布林殺手 3

（原名：ゴブリンスレイヤー #3）

著　　者／蝸牛くも　封面插畫／神奈月昇　譯　　者／Kyo
發 行 人／黃鎮隆　副總經理／陳君平
總 編 輯／洪琇菁　國際版權／黃令歡
執行編輯／曾鈺淳　美術編輯／陳又荻
內文排版／謝青秀　內文校潤／梁瓏
企劃宣傳／邱小祐、劉宜蓉、周昱齡
出　　版／城邦文化事業股份有限公司 尖端出版
台北市中山區民生東路二段一四一號十樓
電話：(〇二)二五〇〇—七六〇〇　傳真：(〇二)二五〇〇—二六八三
E-mail：7novels@mail2.spp.com.tw
發　　行／英屬蓋曼群島商家庭傳媒股份有限公司城邦分公司 尖端出版
台北市中山區民生東路二段一四一號十樓
電話：(〇二)二五〇〇—七六〇〇(代表號)
傳真：(〇二)二五〇〇—一九七九
北部經銷／祥友圖書有限公司
電話：(〇二)八五一二—三八五一
傳真：(〇二)八五一二—四二五五
中彰投以北經銷(含宜花東)／楨彥有限公司
電話：(〇二)八九一九—三三六九
傳真：(〇二)八九一四—五五二四
雲嘉經銷／智豐圖書股份有限公司 嘉義公司
電話：(〇五)二三三—三八五二
傳真：(〇五)二三三—三八六三
南部經銷／智豐圖書股份有限公司 高雄公司
電話：(〇七)三七三—〇〇七九
傳真：(〇七)三七三—〇〇八七
一代匯集／香港九龍旺角塘尾道六十四號龍駒企業大廈十樓B&D室
電話：(八五二)二七八三—八一〇二
傳真：(八五二)二七八二—一五二九
馬新經銷／城邦(馬新)出版集團Cite (M) Sdn. Bhd.
E-mail：cite@cite.com.my
法律顧問／王子文律師　元禾法律事務所
台北市羅斯福路三段三十七號十五樓
二〇一七年二月一版一刷
二〇一八年十一月一版六刷



■中文版■

郵購注意事項：
1. 填妥劃撥單資料：帳號：50003021戶名：英屬蓋曼群島商家庭傳媒(股)公司城邦分公司。2. 通信欄內註明訂購書名與冊數。3. 劃撥金額低於500元，請加附掛號郵資50元。如劃撥日起 10～14日，仍未收到書時，請洽劃撥組。劃撥專線TEL：(03)312-4212 ・ FAX：(03)322-4621。E-mail：marketing@spp.com.tw